Cárcel de amor

European Masterpieces
Cervantes & Co. Spanish Classics N° 40

General Editor: Tom Lathrop

DIEGO DE SAN PEDRO

Cárcel de amor

Edited and with notes by

JOSÉ MANUEL HIDALGO
MICHAEL J. McGRATH
Georgia Southern University

Cervantes & Co.

SOURCE OF THE TEXT:

© 2004 Biblioteca Nacional de España-Fundación Biblioteca Virtual Miguel de Cervantes. Edición digital de la Biblioteca Virtual Miguel de Cervantes, www.cervantesvirtual.com, de la obra "Cárcel de amor"/San Pedro, Diego de (¿1437?-¿1498?), basada en la de Sevilla, Cuatro compañeros alemanes [=Pablo de Colonia, Juan Pegnitzer, Magno Herbst y Tomás Glockner] (3 marzo, 1492). Localización: Biblioteca Nacional (España).Sig.I-2134.

ON THE COVER:

Disputation of the Sacrament (detail), by Rafello (1483-1520). Public Domain image.

Table of Contents

Para TERESA *y* LETICIA

Introduction to Students

THE PURPOSE OF THIS edition of Diego de San Pedro's *Cárcel de amor (Prison of Love; 1492)* is to make more accessible to non-native speakers of Spanish a medieval sentimental romance whose author Keith Whinnom believes to be one of the most important and influential figures in the history of European literature.[1] Since there is no manuscript evidence, it is believed that San Pedro wrote *Cárcel de amor* sometime between 1482, the beginning of the campaign against Granada, and 1492, the date of its first printing. The success of *Cárcel de amor* became more widespread when Nicolás Núñez composed *Cárcel de amor con el complimento de Nicolás Núñez* (Burgos, 1496), his continuation of the sentimental romance in which he writes about Laureola's grief and the author's return to Spain. There were over twenty translations and some twenty-five editions of *Cárcel de amor* in the fifteenth and sixteenth centuries alone. Many editions of *Cárcel de amor* include Nuñez's continuation of the story.

Michael Gerli argues that *Cárcel de amor* illustrates that the Spanish sentimental romance does indeed exist, and that it is best defined by mood and interest rather than by form. San Pedro's chief aim was to study passion and its subtle and devastating effects on the lives of his characters. The action is conceived in order to portray emotion, and the events are translated into awareness and sentimental experience.[2] The influence of *Cárcel de amor* on Fernando de Rojas's *Comedia de Calixto y Melibea*, later commonly known as *La Celestina* (1499-1502), is well documented. Further evidence of the popularity of *Cárcel de amor* can also be found in the protests of humanist and

---

1 Keith Whinnom, *Diego de San Pedro* (New York: Twayne, 1974).
2 E. Michael Gerli, "Toward a Poetics of the Spanish Sentimental Romance," *Hispania* 72.3 (1989): 474-482.

moralist Juan Luis Vives, who listed *Cárcel de amor* as one of those books that parents must keep away from their daughters.

THE LIFE OF DIEGO DE SAN PEDRO

There are few major European writers about whom we know less than Diego de San Pedro; the dates of his birth and death are no more than a matter of conjecture. Based upon the dates of the prologues to the *Tractado de amores de Arnalte y Lucenda* (*Treatise on the Loves of Arnalte and Lucenda*), *Cárcel de amor* (*Prison of Love*) and *Desprecio de la Fortuna* (*Contempt of Fortune*), San Pedro could not have begun his literary career before 1470. It is reasonable to conclude that San Pedro died after 1498, the year in which he wrote the poem *Desprecio de la Fortuna*, which is the last literary composition attributed to him.

In spite of the paucity of information surrounding the life of Diego de San Pedro, there is a sufficient amount to offer conjecture about his religious lineage. There is strong circumstantial evidence that suggests that San Pedro was a *converso*, a Jew who converted to Christianity or the descendant of a Jew who had become a Christian. Evidence to support San Pedro's *converso* status is the author's last name. A common practice of Jews who converted to Christianity during the fourteenth and fifteenth centuries was to take a new baptismal name like "San Pedro," "Santa María," or an eminent Castilian name like Mendoza, the name of a place, such as "de Montalbán," or simply the name of the *padrino* (godfather or baptismal sponsor). San Pedro's presumed profession as a secretary or administrative assistant to the Count of Urueña would also indicate that he had Jewish blood, but no specific indication exists to sustain this assertion.

PLOT SUMMARY

The story opens with "El Autor" (The Author), who is the narrator, returning home through the Sierra Morena after the summer's fighting.[3] In the middle of the wilderness, in a dark and narrow valley, he encounters among some oak groves a fierce knight, dressed in

---

3 According to Whinnom, this war was probably the campaign against Granada in 1492.

skins and carrying a stone carving that delineates a beautiful woman. Flames emanate from this image, which is dragging a prisoner who begs the Autor to help him. Initially, the Autor has reservations about getting involved with this bizarre duo. He decides to follow the formidable warrior and discovers that his name is Desire and that he is the chief officer of Love. Desire is taking his captive to die in Love's Prison. The warrior and his captive abruptly vanish, leaving the Autor lost in the mountains. He manages to survive the night, and the following morning he sees the complex and mysterious prison on the highest peak of the mountain. The Autor climbs to the tower, where he sees the prisoner chained and seated in a chair of fire. The captive introduces himself as Leriano, son of Duke Guersio and Duchess Coleria of Macedonia. He explains that instead of using his reason to suppress his feelings for Princess Laureola, daughter of King Gaulo, he fell deeply in love with her.

The Prison of Love is built upon a strong rock, supporting four pillars of purple marble. The four sustaining columns represent Leriano's Reason (Razón), Understanding (Entendimiento), Memory (Memoria) and Will (Voluntad), all of which appear as allegorical characters who are submissive to the allegorical figure of Love. Understanding consents to the pain of love because of the goodness of its origin. When Reason is consulted, it responds that Leriano would be better off dying than living a life of desperation, which is all that he can expect because of his love. Memory vows never to forget his love. Finally, Will resolves never to stop loving. Since there is no remedy for Leriano's love for Laureola, Love sentences Leriano to spend the rest of his life in prison.

Leriano's final wish is for the Autor to inform Laureola of his imprisonment. Once the Autor realizes that the Prison has been created by love and is not of diabolical origin, he agrees to help Leriano. The Autor travels to Suria for the sole purpose of informing the Princess of Leriano's condition. The Autor's own sympathy for Leriano causes him to beg the Princess that she feel compassion for the prisoner. Laureola, though, tells the Autor that if he were not a foreigner, he would be executed for suggesting that the Princess risk her honor by displaying compassion for a man who is not her husband.

Even though the Autor realizes that his life is in danger, he decides to continue with his mission. After several more meetings with Laureola, the Autor begins to misinterpret her agitation as a sign that she may have some feelings of love for Leriano. With this conviction, he returns to Leriano and encourages him to write a letter to Laureola, telling her of his feelings. The Princess accepts the letter, but she tells the Autor that she is unable to respond.

The Autor returns to the prison and informs Leriano that there is no hope for his mission to succeed. The suffering lover sends the Princess another letter in which he apologizes for his persistence and informs her that her refusal to show any compassion for him is going to result in his death. This letter from Leriano leaves Laureola so disturbed that she feels that the only way to save Leriano is to compromise her honor. In her letter, she shows compassion for Leriano, and the Autor is able to free him from his allegorical prison.

Leriano returns to the court and kisses Laureola's hand in front of all the courtiers. Persio, a noble friend of Leriano who has also fallen in love with Laureola, misinterprets the gesture. Persio tells the King that Laureola and Leriano are lovers. The King immediately sends Laureola to prison and sentences her to death. According to the King, Laureola, by compromising her honor, has dishonored not only him but his kingdom and the family's royal lineage. The King agrees to allow Persio and Leriano to resolve the matter with a duel. It appears that Leriano will be victorious after he cuts off Persio's right hand, but the King intervenes and stops the fight. Leriano proposes that the Cardinal and the Queen try to convince the King to commute Laureola's death sentence. When their entreaties fail to weaken the King's resolve, Leriano vows to release Laureola from prison himself. Leriano, accompanied by his men, attacks the jail and during the battle one of his captains kills Persio. The Princess is liberated, but in order to avoid lending credence to Persio's accusations, she is taken away by her Uncle Galio.

The King lays siege to Leriano's castle for three months, during which time Leriano is wounded and loses a great number of his most valuable men. During an attack, a member of Persio's family, who had testified against Laureola, is captured and tortured until he admits that the accusations against Leriano and Laureola are not true. The King agrees to end the siege and to allow Laureola to return to court. Unfortunately, Leriano is ordered to stay away from court until Persio's family members can be pacified. Consequently, he relapses into lovesickness and again asks the Autor to intercede with Laureola on his behalf. The Autor persuades Leriano to write a letter to Laureola, and although she does feel sympathy for him, she rejects Leriano's love in order to avoid the perception that Persio's accusations were true. Leriano, who is unable to live without her love, refuses to eat and drink. A close friend of Leriano, a knight named Tefeo, tries to cure his lovesickness by citing all of the examples he can think of to illustrate how worthless women are. Instead of alleviating his friend's suffering, Leriano becomes so disturbed that he rises from his deathbed to deliver an *apologia*[4] of women, giving fifteen reasons to condemn men who speak ill of them and twenty reasons why men are indebted to women.

Leriano's mother, who knows about the impending death of her son because of different omens, visits Leriano. During her visit, she is so moved by her son's undeserved fate that she proclaims a *planctus*.[5] Leriano fears for the destiny of Laureola's letters and does not want anybody to read them. Consequently, he decides to tear them into pieces and drink them in a cup of water. The Autor comments that Leriano described his death as a witness to his faith and constancy. After attending Leriano's funeral, the Autor returns to Peñafiel.

MAIN CHARACTERS
'El Autor' (Narrator)
He is of Spanish origin, which allows him to approach the ladies in the court of the Kingdom of Macedonia and to see Laureola. The Autor is the protagonist of the novel, since it is he who manipulates the letters between the lovers. He displays an extraordinary rhetorical ability to present the character's feelings and their psychological reactions. Without his intervention, there would be no story to tell.

---

4 A defense, especially of one's opinions, position, or actions.

5 A medieval song or poem of lament that was written in Latin and the vernacular during the Middle Ages.

The Autor uncovers the characters deepest emotions and acts as the intermediary between the reader and the story, in addition to his role as a messenger for Leriano and Laureola.

Leriano

Leriano, the noble son of Duke Guersio, is a compelling lover and a skilled knight. Because he has fallen deeply in love with Laureola, he is taken captive by Desire to the Prison of Love. Once he is released from his allegorical prison, thanks to the Autor's intervention, he is portrayed as a character who excels at writing persuasive love letters, fighting duels, and leading his soldiers in combat. At the end of the story, he accepts his beloved's decision not to have any further contact with him and is depicted as stoically accepting his self-inflicted death.

Laureola

She represents the eternal dilemma faced by women in medieval literature who have to adhere either to the code of courtly love and show compassion to her lover or comply with the code of honor dictated by her royal status. In this case, her physical appearance plays a secondary role to her pious decisions and actions. She is more concerned with her honor and reputation than with what kind of punishment she may receive for her behavior. Her name may comprise two different symbolic meanings that converge into one: "laurel" and "la aureola."[6]

---

6 The laurel is a symbol for chastity. This symbolic association comes from the mythological story of Daphne, a nymph who so valued her chastity that when she was pursued by the god Apollo, she prayed to the Earth or to her father to rescue her, whereupon she was transformed into a laurel. The aureole is associated with the nimbus often shown around the head of the Virgin Mary. Both possible readings of the name Laureola may correspond with the idea of chastity and underscore the importance for Laureola to guard her own chastity in order to protect her honor. For more information about the meaning of these symbols see J. E Cirlot, *A Dictionary of Symbols* (New York: Dover, 2002) and Jack Tresidder, *The Complete Dictionary of Symbols* (San Francisco: Chronicle, 2004).

Persio and Tefeo
Although Persio is of noble linage, his actions depict him as "malo" (evil). Persio's love for Laureola and his aspirations to become the successor to the crown cause him to make false accusations to the King. He swears that he has seen Leriano and Laureola together at night in what would be considered compromising situations. His jealousy causes the lovers to fall victim to the King's irrational decisions. Persio loses his right hand in a duel with Leriano, and it is interesting to note such distinction, because the right side of the body corresponds to "the rational, the conscious, the logical and the virile."[7] In this case, the loss may imply the absence of rationality in the King's decision.

Tefeo seems to be a good friend in contrast with Persio, who is the false friend. Tefeo attempts to negate the damage that Laureola has inflicted on Leriano by proclaiming the wickedness of women. Instead of relieving Leriano's pain, his actions actually accelerate his friend's death. Tefeo's misogyny disturbs Leriano to the point that he rises from his deathbed, and with his last bit of strength, enumerates an astonishing catalogue of reasons to value women.

Two Mothers
Both women show how desperate and frustrated they are to alter the unjustifiable punishment of Leriano and Laureola. The Queen asks the King to forgive Laureola for any transgression she may have committed and vows to take vengeance upon Persio. In addition, however, she questions her actions and blames herself for Laureola's predicament and the fact that her prayers have been unheard.

On the other hand, the Duchess Coleria seems to anticipate her son's destiny because of her belief in previous omens. She is the one who gives us details about Leriano's age and his personality, offering a *planctus* against his death and the cruelty of fate. She offers to trade herself for Leriano.

The Cardinal and the King
Both function more as the representation of abstract ideas than human

---

7 Cirlot 137-38.

characters per se. The King appears to be a man who trusts blindly others' comments, without questioning their veracity. He is presented as an obstinate man who is willing to sacrifice his daughter for the sake of his reputation and his kingdom. The Cardinal hopes that the King will understand the irrevocable consequences of his decisions.

INTERNAL STRUCTURE

Cárcel de amor is divided into forty-eight chapters of uneven length. Twenty chapters are brief accounts of the events told by *El Autor*, who also reports verbatim all of the speeches, ten of which consist of a dialogue between two characters and two are monologues. There are seven love letters: one in which Laureola asks her father for forgiveness, two about duels, a harangue to the troops, Duchess Coleria's *planctus* (lament) over her son's fate, and, finally, Leriano's speech in which he disapproves of his friend Tefeo's accusations.[8] The author of a sentimental romance utilizes verse, epistles, and allegory to create the aesthetic effect of poetry in order to represent and investigate the hidden world of emotion and motivation.[9]

THE ALLEGORY

The allegory at the beginning of *Cárcel de Amor* is an old rhetorical device called *ekphrasis*,[10] which facilitates a deeper understanding and appreciation of the discourse of love. San Pedro conveys his ideas through a plastic representation that appeals to contemporary Castilian taste, and as Whinnom points out, there is for those readers who were already familiar with San Pedro's literary style a certain pleasure in guessing the meaning of the Prison's different symbols.[11] As

---

8 Sol Miguel-Prendes, "Diego de San Pedro," *Castillian Writers, 1400-1500*, eds. Frank Domínguez & George D. Greenia (Michigan: Gale Group, 2004) 227-228.

9 Gerli 476.

10 Technical term of ancient rethoric. Teachers of rethoric defined it as a vivid description intended to bring the subject before the mind's eye of the listener. The composition of an ekphrasis was one of the most advanced of the graded preparatory exercises (*progymnasmata*) designed to teach basic rhetorical skills to schoolboys. These texts suggest person, places, events and times of the year as possible themes for ekphrasis.

11 Whinnom 1974, 105.

it has been noted by critics,[12] the fact that *Cárcel de amor* opens with an allegory is an indication that the work is meant to be solemn and artistic. In the beginning of the story, San Pedro uses what medieval theorists describe as "perfect allegory," a literary technique in which clues provide insight for the reader.

Diego de San Pedro, by blurring the boundaries between the world of ideas in the initial allegory and the events that take place in Macedonia, gives the whole romance a dream-like quality. This technique allows the Autor and other characters like Tefeo and Duchess Coleria to travel to the kingdom of Suria in Macedonia where all of the action takes place, rendering unnecessary a description of a long and tedious trip. As the reader will notice at the end of *Cárcel de amor*, the Autor returns to Peñafiel, a location that has an interesting connection, overlooked by critics, with Leriano's prison. If the reader goes back to the description of the prison, Leriano tells us that "deves saber que aquella **piedra** sobre quien la prisión está fundada es mi **fe**, que determinó de sofrir el dolor de su **pena** por [el] bien de su mal" (emphasis added). The location of Peñafiel is well known, but if we analyze the noun as "peña (rock)-fiel," it connects semantically with the previous description of Leriano's prison, and at the same time it draws our attention to its similar-sounding noun "pena" (sorrow). Consequently, the text creates the idea of circularity, which causes it to seem like a dream, at the end of which the Autor returns home. In reality, the Autor may have never left Spain and perhaps imagined this exotic kingdom of Macedonia.

GRAMMAR
Clitic Pronouns
The student of Spanish language will notice that in *Cárcel de A\amor* there are several examples of the *clitic pronoun*, which, contrary to Modern Spanish, appears after the verb:

1. *Y como emparejó conmigo, **dijome** con mortal angustia*
2. *Dejar el camino que llevaba **parecíame** desvarío*

---

12   Sol Miguel-Prendes 229; Whinnom 105.

3. *Púsome en el estado que ves*

In Modern Spanish, the aforementioned pronouns appear before the verb:

1. *Y como emparejó conmigo,* **me dijo** *con mortal angustia*
2. *Dejar el camino que llevaba* **me parecía** *desvarío*
3. **Me puso** *en el estado que ves*

In Old Spanish the pronoun(s) followed the verb (finite or non-finite), unless the verb was preceded, in the same clause, by another tonic word.[13] For example, the clitic follows the verb in the following phrases:

> *Et mostro<u>les</u>:* "and he showed them"
> *dixo <u>les</u> de como:* "and he told them how"
>   *fues<u>se</u> por la posada:* "he went to the boarding house"
> In contrast, the clitic appears before the verb in the following phrases:

> *non <u>le</u> diera el Rey:* "the king had not given to him"
> *que <u>la</u> ouo siniestra:* "that he had it on the left side"
> *non <u>le</u> quisieron y acoger:* "they refused to admit him there"

In the Middle Ages, the context of the verb determines the placement of the clitics: they come before the (conjugated) verb when it is preceded by important words (*ser uos emos:* "we shall be to you") and after the verb in all other cases (*fallole:* "s/he found him"). In Modern Spanish, the placement of clitics depends exclusively on the form of the verb, i.e., whether it is conjugated (*le halló*), an infinitive (*hallarle*), etc. In Old Spanish, clitic pronouns are preposed or postposed around conjugated verbs, depending on the context: *Rindió<u>se</u> Camila // Camila <u>se</u> rindió* ("Camila gave up"). In Modern Spanish, only the second of

---

13   Ralph Penny, *A History of the Spanish Language* (Cambridge: Cambridge UP, 2002) 137.

these variants is acceptable. Where two verbs occur in succession, the clitic normally follows the first in medieval Castilian:

pero deues me *perdonar:* "but you should forgive me"

While in Modern Spanish, the pronoun has to precede the first verb or follow the second:

pero me *debes perdonar / pero debes perdonar*me

The new system of pronouns comes into effect by the end of the seventeenth century,[14] but even in the nineteenth century, scattered examples of the old system can be found, perhaps as stylistic archaisms, such as the following examples from Benito Pérez Galdós's *Doña Perfecta* (1876):

*el cual moví*ase *al compass de la marcha:* "who moved with the rhythm of the march"

*fij*ose *en la desgarbada estatura:* "he noticed the ungainly stature"[15]

De ella
This form functions in *Cárcel de amor* as the preposition *de* plus the feminine subject pronoun of the third person singular *ella* (*from her*) or as the singular possessive feminine pronoun (su, suya). In the first two examples below, the construction *de ella* can be easily replaced by the possessive pronoun *su*. Meanwhile, in the last two sentences the preposition *de* indicates the person from whom the verb takes action, and the preposition more than its original genitive value, functions here with its Latin ablative meaning. The main verbs of the last two sentences, therefore, imply an action of leaving somebody rather than possession.

---

14 Penny 137.
15 David Pharies, *A Brief History of the Spanish Language* (Chicago: Chicago UP, 2007) 130, 162-64.

que como es de más estima **la honra de ella** que la vida tuya: "the honor of her"

*que como es de más estima **su honra** que la vida tuya: "her honor"*

la cual será siempre acordada más por **la causa de ella**: "the reason of her"

*la cual será siempre acordada más por **su causa**: "her reason"*

Y viéndose apartado **de ella**: "from her"
despedime **de ella**: "from her"

Haber

The verb *haber* functions three different ways in *Cárcel de amor*. First, its meaning (there were / there was) is communicated as an imperfect tense. Second, and perhaps more familiar to the modern reader, it functions as an auxiliary verb to create the imperfect of the verb that follows it. Third, the verb *haber* is used as an auxiliary verb to form the pluperfect indicative.

1. en seguirle había peligro. *In following him there was danger*
2. quien me había de salvar me condenaba. *Who saved me also condemned me*
3. nunca otra tal jamás había visto. *I had never seen anybody like her*

The accentuation and punctuation in this edition of *Cárcel de amor* appear in their modern forms, as does the spelling. The modernized forms make the text more accessible to student readers. Some examples of the types of changes made to the original text include the following: dixese = dijese; assí = así; verguença = vergüenza; obedescer = obedecer; devía = debía; hazerlo = hacerlo; enparejó = emparejó; siguille = seguirle; secutar = ejecutar; estrañeza = extrañeza.

A full glossary at the end of the volume supplies a substantial list of words that the intermediate reader might find helpful. Moreover, words and expressions that may pose particular difficulties and especially that have contextual nuances are explained in marginal notes. These are indicated by the ° sign after the word, or in the case of a longer expression with ' at the beginning and ° at the end of the phrase.

SOURCES

This edition of *Cárcel de amor* is based upon Keith Whinnom's text (Madrid: Clásicos Castellanos, 1980), which appears on the web site of the Biblioteca Fundación Miguel de Cervantes (www.cervantesvirtual. com). We would like to thank the Biblioteca Fundación Miguel de Cervantes and the Biblioteca Nacional, which shares the rights to Whinnom's edition, for granting us permission to use his text. We appreciate the generous assistance of Marta Sanz Massa of the Biblioteca Fundación Miguel de Cervantes and Belén Llera Cermeño of the Biblioteca Nacional.

Keith Whinnom's English translation (Edinburgh: Edinburgh UP, 1979) helped to resolve doubts about translations that appear in the margins and in the footnotes. The explanatory notes contained in his translation and the Spanish edition of Ivy Corfis (London: Tamesis, 1987) provided invaluable guidance. The Real Academia de la Lengua's *Diccionario de la lengua española* and the *Vox Spanish-English Dictionary* helped to resolve lexical doubts. Finally, Edith Hamilton's *Mythology* (Boston: Little, Brown and Company, 1998) was of great value.

SELECTED BIBLIOGRAPHY

Flightner, James. "The Popularity of the *Cárcel de Amor*." *Hispania* 47.3 (1964): 475-478.

Folger, Robert. "*Cárceles de amor*: 'Gender Trouble' and Male Fantasies in 15th-Century Castile." *Bulletin of Spanish Studies* 83.5 (2006): 617-635.

Gerli, E. Michael. "Toward a Poetics of the Spanish Sentimental Romance." *Hispania* 72.3 (1989): 474-82.

———. "Leriano and Lacan: The Mythological and Psychoanalytical Underpinnings of Leriano's Last Drink." *La Corónica* 29.1 (Fall 2000): 113-28.

Gili Gaya, Samuel. *Diego de San Pedro: Obras*. Madrid: Espasa-Calpe,

1967.

Kurtz, Barbara E. "Diego de San Pedro's *Cárcel de amor* and the Tradition of the Allegorical Edifice." *Journal of Hispanic Philology* 8.2 (1984): 123-38.

Márquez Villanueva, Francisco. "Cárcel de amor. Novela Política". *Revista de Occidente* 14 (1966): 185-200.

Miguel-Prendes, Sol. "Diego de San Pedro." *Castillian Writers, 1400-1500*. Eds. Frank Domínguez & George D. Greenia. Michigan: Gale Group, 2004. 221-32.

———. "Reimagining Diego de San Pedro's Readers at Work: *Cárcel de amor*." *La Corónica* 32.2 (2004): 7-44.

Penny, Ralph. *A History of the Spanish Language*. Cambridge: Cambridge UP, 2002.

Pharies, David. *A Brief History of the Spanish Language*. Chicago: Chicago UP, 2007.

Rodríguez Matos, Jaime. "Polyphony in Spanish Sentimental Romance." *Hispanic Review* 73.2 (2005): 231-254.

San Pedro, Diego de. *Prison of Love, 1492: Together with the Continuation by Nicolás Núñez, 1496*. Ed. and trans. Keith Whinnom. Edinburgh: Edinburgh UP, 1979.

———. *Diego de San Pedro's "Cárcel de amor": A Critical Edition*. Ed. Ivy A. Corfis. London: Tamesis, 1987.

Severin, Dorothy S. "The Sentimental Genre; Romance, Novel or Parody?" *La Corónica* 31:2 (2003): 312-15.

Weissberger, Barbara F. "The Politics of Cárcel de amor." *Revista de Estudios Hispánicos* 26.3 (1992): 307-26.

Whinnom, Keith. *Diego de San Pedro*. New York: Twayne, 1974.

———. "Nicolás Nuñez's Continuation of the *Cárcel de amor* (Burgos, 1496)." *Medieval and Renaissance Spanish Literature. Selected Essays by Keith Whinnom*. Eds. Alan Deyermond, W.F. Hunter & Joseph T. Snow. Exeter: Exeter UP, 1994. 133-42.

Cárcel de amor

EL SIGUIENTE TRATADO[1] FUE hecho a petición del señor don Diego Hernandes,[2] Alcaide de los Donceles, y
de otros caballeros cortesanos: llámase Cárcel de Amor.
Compúsolo San Pedro. Comienza el prólogo así:

MUY VIRTUOSO SEÑOR:

Aunque me falta sufrimiento° para callar, no me fallece° conoci- patience, lack
miento° para ver cuánto me estaría mejor preciarme° de lo que knowledge, to take
callase que arrepentirme° de lo que dijese. Y puesto que así lo pride in; to repent
conozca,[3] aunque veo la verdad, sigo la opinión. Y como hago lo
peor nunca quedo sin castigo,[4] porque si con rudeza° yerro° con ignorance, make a
vergüenza° pago. Verdad es que en la obra presente no tengo tan- mistake; shame
to cargo,° pues me puse en ella más por necesidad de obedecer burden
que con voluntad de escribir. Porque de vuestra merced me fue
dicho que debía hacer alguna obra del estilo de una oración° que speech
envié a la señora doña Marina Manuel,[5] porque le parecía menos
malo que el que puse en otro tratado° mío.[6] Así que por cum- discourse

---

1   Although *Cárcel de amor* is referred to here as a **tratado**, or treatise,
it can be more accurately described as a sentimental romance, a genre based
upon courtly love. Authors of the Middle Ages used the term **tractado** to refer
to any extended work of fiction (Whinnom, *Prison* 101).

2   Diego Fernández of Córdoba was the seventh **Alcaide de Donceles**, and, as such, he was leader of a cavalry regiment that consisted of young
noblemen who served under King Juan II (1405-1454). Diego Fernández was
a relative of Don Juan Téllez-Girón, whom Diego de San Pedro served much
of his life (Whinnom, *Prison* 101).

3   **Y puesto que...** *although I know this*

4   **Y como hago...** *and since I do what is the worst for me, I will not go
unpunished*

5   Marina Manuel was a relative of Diego de San Pedro who belonged to
the noble class and served in the court of Isabel la Católica (1474-1504). Samuel Gili Gaya, *Diego de San Pedro: Obras* (Madrid: Espasa-Calpe, 1967) 114.

6   Whinnom (*Prison* 101) believes the other **tratado** is *Tractado de*

23

plir su mandamiento° pensé hacerla, habiendo por mejor errar ⟶ command
en el decir que en el desobedecer, y también acordé enderezarla° ⟶ to dedicate it
a vuestra merced porque° la favorezca como señor y la enmien- ⟶ = para que
de° como discreto. Como quiera que primero que me determi- ⟶ correct
5 nase estuve en grandes dudas: vista vuestra discreción temía,° ⟶ feared
mirada vuestra virtud osaba;° en lo uno hallaba el miedo, y en ⟶ I felt stronger
lo otro buscaba la seguridad, y en fin escogí lo más dañoso° para ⟶ harmful
mi vergüenza y lo más provechoso° para lo que debía. Podré ser ⟶ beneficial
reprehendido° si en lo que ahora escribo tornare a decir[7] algunas ⟶ reprimanded
10 razones de las que en otras cosas he dicho. De lo cual suplico a
vuestra merced me salve, porque como he hecho otra escritura de
la calidad de esta no es de maravillar° que la memoria desfallez- ⟶ wonder
ca.° Y si tal se hallare, por cierto más culpa tiene en ello mi olvido ⟶ fails
que mi querer. Sin duda, señor, considerando esto y otras cosas
15 que en lo que escribo se pueden hallar, yo estaba determinado de
cesar° ya en el metro y en la prosa, por librar mi rudeza de juicios ⟶ stop
y mi espíritu de trabajos. Y parece, cuanto más pienso hacerlo,
que se me ofrecen más cosas para no poder cumplirlo. Suplico a
vuestra merced, antes que condene mi falta juzgue° mi voluntad, ⟶ judge
20 porque reciba el pago no según mi razón, mas según mi deseo.

COMIENZA LA OBRA

Después de hecha la guerra del año pasado, viniendo a tener el
invierno a mi pobre reposo,° pasando una mañana, cuando ya el ⟶ quarters
25 sol quería esclarecer° la tierra, por unos valles hondos° y oscuros ⟶ brighten, deep
que se hacen en la Sierra Morena, vi salir a mi encuentro,[8] por
entre unos robredales° donde mi camino se hacía, un caballero ⟶ oak groves
así feroz° de presencia como espantoso° de vista, cubierto todo ⟶ fierce, frightening
de cabello a manera de salvaje. Llevaba en la mano izquierda un
30 escudo° de acero° muy fuerte, y en la derecha una imagen feme- ⟶ shield, steel
nil° entallada° en una piedra muy clara, la cual era de tan extrema ⟶ feminine, carved
hermosura que me turbaba° la vista. Salían de ella° diversos rayos ⟶ dazzled, = la piedra
de fuego que llevaba encendido el cuerpo de un hombre que el
caballero forzadamente llevaba tras sí. El cual con un lastimado° ⟶ doleful
35 gemido° de rato en rato decía: «En mi fe, se sufre todo». Y como ⟶ groans

---

amores de Arnalte and Lucenda (1491).

7 **Tornare a...** *were to repeat*
8 **Vi salir...** *I saw approaching me*

emparejó° conmigo, díjome con mortal angustia: «Caminante,°   reached, wanderer
por Dios te pido que me sigas y me ayudes en tan gran cuita».°   affliction
Yo, que en aquella sazón° tenía más causa para temer que razón   moment
para responder, puestos los ojos en la extraña visión, estuve que-
do,° trastornando° en el corazón diversas consideraciones: dejar   still, turning over
el camino que llevaba parecíame desvarío, no hacer el ruego de
aquel que así padecía figurábaseme inhumanidad, en seguirle ha-
bía peligro, y en dejarle, flaqueza.° Con la turbación,° no sabía   weakness, confusion
escoger lo mejor. Pero ya que el espanto dejó mi alteración° en al-   panic
gún sosiego,° vi cuánto era más obligado a la virtud que a la vida,   calm
y empachado° de mí mismo por la duda en que estuve, seguí la   awkward
vía de aquel que quiso ayudarse de mí. Y como apresuré° mi an-   hurried
dar,° sin mucha tardanza alcancé a él y al que la fuerza le hacía,   walk
y así seguimos todos tres por unas partes no menos trabajosas°   difficult
de andar que solas de placer y de gente. Y como el ruego del
forzado fue causa que lo siguiese, para cometer° al que lo llevaba   commit
faltábame aparejo° y para rogarle merecimiento, de manera que   preparation
me fallecía consejo.⁹ Y después que revolví° el pensamiento en   considered
muchos acuerdos, tomé por el mejor ponerle en alguna plática,°   conversation
porque como él me respondiese, así yo determinase; y con este
acuerdo supliquele, con la mayor cortesía que pude, me quisiese
decir quién era, a lo cual así me respondió: «Caminante, según
mi natural condición, ninguna respuesta quisiera darte, porque
mi oficio° más es para ejecutar° mal que para responder bien.   occupation, carry out
Pero como siempre 'me crie° entre hombres de buena crianza,°   grew up, upbringing
usaré contigo de la gentileza° que aprendí y no de la braveza°   elegance, fierceness
de mi natural. Tú sabrás, pues lo quieres saber: yo soy principal
oficial en la Casa de Amor. Llámanme por nombre Deseo. Con
la fortaleza° de este escudo defiendo las esperanzas,° y con la   strength, hopes
hermosura de esta imagen causo las aficiones° y con ellas quemo   affection
las vidas, como puedes ver en este preso° que llevo a la Cárcel   prisoner
de Amor, donde con solo morir se espera librar».° Cuando estas   go free
cosas el atormentador caballero me iba diciendo, subíamos una
sierra de tanta altura, que a más andar mi fuerza desfallecía. Y
ya que con mucho trabajo llegamos a lo alto de ella, acabó su
respuesta. Y como vio que en más pláticas quería ponerle yo, que

---

9 **De manera que...** *and was not in a position to ask him anything*

comenzaba a darle gracias por la merced recibida, súbitamente° suddenly
desapareció de mi presencia. Y como esto pasó a tiempo que la
noche venía, ningún tino° pude tomar para saber dónde guió. clue
Y como la oscuridad y la poca sabiduría° de la tierra me fue- knowledge
sen contrarias,° tomé por propio consejo no mudarme° de aquel against me, move
lugar. Allí comencé a maldecir mi ventura,° allí desesperaba de fortune
toda esperanza, allí esperaba mi perdición,° allí en medio de mi death
tribulación nunca me pesó de lo hecho, porque es mejor perder
haciendo virtud que ganar dejándola de hacer. Y así estuve toda
la noche en tristes y trabajosas° contemplaciones, y cuando ya la troubled
lumbre° del día descubrió los campos, vi cerca de mí, en lo más light
alto de la sierra, una torre de altura tan grande que me parecía
llegar al cielo. Era hecha por tal artificio que de la extrañeza° de strangeness
ella comencé a maravillarme. Y puesto al pie, aunque el tiempo
se me ofrecía más para temer que para notar, miré la novedad de
su labor y de su edificio. El cimiento° sobre que estaba fundada foundation
era una piedra tan fuerte de su condición y tan clara de su natural cual nunca otra tal jamás había visto, sobre la cual estaban
afirmados cuatro pilares° de un mármol° morado° muy hermoso pillars, marble, purple
de mirar. Eran en tanta manera altos, que me espantaba cómo se
podían sostener.° Estaba encima de ellos labrada° una torre de remain upright, con-
tres esquinas, la más fuerte que se puede contemplar. Tenía en structed
cada esquina, en lo alto de ella, una imagen de nuestra humana
hechura,° de metal, pintada cada una de su color: la una de leo- shape
nado,° la otra de negro y la otra de pardillo.° Tenía cada una de lion-colored, gray
ellas una cadena en la mano asida° con mucha fuerza. Vi más grasped
encima de la torre un chapitel° sobre el cual estaba un águila que spire
tenía el pico° y las alas llenas de claridad de unos rayos de lumbre beak
que por dentro de la torre salían a ella. Oía dos velas° que nunca sentinels
un solo punto dejaban de velar. Yo, que de tales cosas justamente
me maravillaba, ni sabía de ellas qué pensase ni de mí qué hiciese. Y estando conmigo en grandes dudas y confusión, vi trabada° joined
con los mármoles dichos una escalera° que llegaba a la puerta de staircase
la torre, la cual tenía la entrada tan oscura que parecía la subida
de ella a ningún hombre posible. Pero, ya deliberado, quise antes
perderme por subir que salvarme por estar;[10] y forzada mi for-

---

10 **Perderme por...** *to lose my life than to save it by remaining where I*

tuna, comencé la subida, y a tres pasos de la escalera hallé una puerta de hierro,° de lo que me certificó más el tiento° de las manos que la lumbre de la vista, según las tinieblas donde estaba. Allegado pues, a la puerta, hallé en ella un portero,° al cual pedí licencia° para la entrada, y respondiome que lo haría, pero que me convenía dejar las armas° primero que entrase; y como le daba las que llevaba según costumbre de caminantes, díjome:

«Amigo, bien parece que la usanza° de esta casa sabes poco. Las armas que te pido y te conviene dejar son aquellas con que el corazón se suele defender de tristeza, así como Descanso, Esperanza y Contentamiento,° porque con tales condiciones ninguno pudo gozar de la demanda° que pides».

Pues, sabida su intención, sin detenerme en echar juicios° sobre demanda tan nueva, respondile que yo venía sin aquellas armas y que de ello le daba seguridad. Pues como de ello fue cierto, abrió la puerta y con mucho trabajo y desatino° llegué ya a lo alto de la torre, donde hallé otro guardador° que me hizo las preguntas del primero. Y después que supo de mí lo que el otro, diome lugar a que entrase, y llegado al aposento° de la casa, vi en medio de ella una silla de fuego, en la cual estaba asentado aquel cuyo ruego de mi perdición fue causa. Pero como allí, con la turbación,° descargaba con los ojos la lengua, más entendía en mirar maravillas que en hacer preguntas. Y como la vista no estaba despacio, vi que las tres cadenas° de las imágenes que estaban en lo alto de la torre tenían atado aquel triste, que siempre se quemaba y nunca se acababa de quemar. Noté más, que dos dueñas lastimeras[11] con rostros llorosos y tristes le servían y adornaban, poniéndole con crudeza° en la cabeza una corona de unas puntas° de hierro, sin ninguna piedad, que le traspasaban todo el cerebro;° y después de esto miré que un negro vestido de color amarillo venía diversas veces a echarle una bisarma° y vi que le recibía los golpes° en un escudo que súbitamente le salía de la cabeza y le cubría hasta los pies. Vi más, que cuando le trajeron de comer, le pusieron una mesa negra y tres servidores muy diligentes, los cuales le daban con grave sentimiento de comer. Y

iron, touch

doorman
permission
weapons

purpose

contentment
request

judgments

folly
guard

main room

confusion

chains

cruelty
thorns
brain
battle-ax
blows

---

was

11 **Dos dueñas...** *two doleful women*

vueltos los ojos a un lado de la mesa, vi un viejo anciano sentado en una silla, echada la cabeza sobre una mano en manera de
hombre cuidoso.° Y ninguna de estas cosas pudiera ver, según la   preoccupied
oscuridad de la torre, si no fuera por un claro resplandor° que le   brightness
salía al preso del corazón, que la esclarecía toda. El cual, como me
vio atónito° de ver cosas de tales misterios, viendo como estaba   astonished
en tiempo de poder pagarme con su habla lo poco que me debía,
por darme algún descanso, mezclando las razones discretas con
las lágrimas piadosas, comenzó en esta manera a decirme:

El preso al autor

Alguna parte del corazón quisiera tener libre de sentimiento, por
dolerme de ti según yo debiera° y tú merecías.° Pero ya tú ves en   should, deserve
mi tribulación que no tengo poder para sentir otro mal sino el
mío. Pídote que tomes por satisfacción, no lo que hago, mas lo
que deseo. Tu venida aquí yo la causé. El que viste traer preso
yo soy, y con la tribulación que tienes no has podido conocerme.
Torna en ti tu reposo,[12] sosiega tu juicio, porque estés atento a
lo que te quiero decir: tu venida fue por remediarme,° mi habla   help me
será por darte consuelo, puesto que yo de él sepa poco. Quién yo
soy quiero decirte, de los misterios que ves quiero informarte,
la causa de mi prisión quiero que sepas, que me liberes° quiero   free
pedirte, si por bien lo tuvieres. Tú sabrás que yo soy Leriano, hijo
del duque Guersio, que Dios perdone, y de la duquesa Coleria.
Mi naturaleza° es este reino donde estás, llamado Macedonia.   home
Ordenó mi ventura que me enamorase de Laureola, hija del rey
Gaulo, que ahora reina, pensamiento que yo debiera antes huir
que buscar. Pero como los primeros movimientos no se pueden
en los hombres excusar, en lugar de desviarlos con la razón con-
fírmelos con la voluntad,° y así de Amor me vencí, que me trajo   will
a esta su casa, la cual se llama Cárcel de Amor. Y como nunca
perdona, viendo desplegadas las velas[13] de mi deseo, púsome en
el estado que ves. Y porque puedas notar mejor su fundamen-
to° y todo lo que has visto, debes saber que aquella piedra sobre   foundation
quien la prisión está fundada es mi Fe,° que determinó de su-   faith

---

12   **Torna en ti...** *take a moment to compose yourself*
13   **Viendo desplegadas...** *seeing the fire of my passion burning brightly*

frir el dolor de su pena por bien de su mal. Los cuatro pilares que asientan sobre ella son mi Entendimiento,° mi Razón,° mi Memoria y mi Voluntad,° los cuales mandó Amor aparecer en su presencia antes que me sentenciase;° y por hacer de mí justa justicia preguntó por sí a cada uno si consentía que me prendiesen,° porque si alguno no consintiese° me absolvería de la pena. A lo cual respondieron todos en esta manera:

Dijo el Entendimiento: «Yo consiento al mal de la pena por el bien de la causa, de cuya razón es mi voto que se prenda».

Dijo la Razón: «Yo no solamente doy consentimiento en la prisión, más ordeno que muera, que mejor le estará la dichosa° muerte que la desesperada° vida, según por quien se ha de sufrir».

Dijo la Memoria: «Pues el Entendimiento y la Razón consienten, porque sin morir no pueda ser libre, yo prometo de nunca olvidar».

Dijo la Voluntad: «Pues que así es, yo quiero ser llave de su prisión y determino de siempre querer».

Pues oyendo Amor que quien me había de salvar me condenaba, dio como justo esta sentencia cruel contra mí. Las tres imágenes que viste encima de la torre, cubiertas cada una de su color, de leonado, negro y pardillo, la una es Tristeza, la otra Congoja° y la otra Trabajo.° Las cadenas que tenían en las manos son sus fuerzas,° con las cuales tiene atado el corazón porque ningún descanso pueda recibir. La claridad grande que tenía en el pico y alas el águila que viste sobre el chapitel, es mi Pensamiento,° del cual sale tan clara luz por quien está en él, que basta para esclarecer las tinieblas de esta triste cárcel; y es tanta su fuerza que para llegar al águila ningún impedimento le hace lo grueso° del muro,° así que andan él y ella en una compañía, porque son las dos cosas que más alto suben, de cuya causa está mi prisión en la mayor alteza° de la tierra. Las dos velas que oyes velar con tal recaudo° son Desdicha° y Desamor:° traen tal aviso porque ninguna esperanza me pueda entrar con remedio. La escalera oscura por donde subiste es la Angustia° con que subí donde me ves. El primer portero que hallaste es el Deseo, el cual a todas tristezas abre la puerta, y por eso te dijo que dejases las armas de placer° si por caso las traías. El otro que acá en la torre ha-

Margin glosses:
understanding, reason
will
sentence
capture
consent

happy
hopeless

distress
hardship
power

mind

thickness
wall

loftiness
caution, misfortune,
　indifference
anguish

pleasure

llaste es el Tormento que aquí me trajo, el cual sigue en el cargo
que tiene la condición del primero, porque está de su mano. La
silla de fuego en que asentado me ves es mi justa afición,° cuyas   *affection*
llamas° siempre arden en mis entrañas.° Las dos dueñas que me   *flames, entrails*
5   dan, como notas, corona° de martirio,[14] se llaman la una Ansia°   *crown, longing*
y la otra Pasión, y satisfacen a mi fe con el galardón° presente. El   *reward*
viejo que ves asentado, que tan cargado pensamiento representa,
es el grave Cuidado,° que junto con los otros males pone amena-   *care*
zas a la vida. El negro de vestiduras amarillas, que se trabaja por
10 quitarme la vida, se llama Desesperar.° El escudo que me sale   *despair*
de la cabeza, con que de sus golpes me defiendo, es mi Juicio,° el   *judgment*
cual, viendo que voy con desesperación a matarme, díceme que
no lo haga, porque visto lo que merece Laureola, antes debo desear larga vida por padecer que la muerte para acabar. La mesa
15 negra que para comer me ponen es la Firmeza° con que como,   *steadfastness*
pienso y duermo, en la cual siempre están los manjares° tristes   *food*
de mis contemplaciones. Los tres solícitos servidores que me servían son llamados Mal, Pena y Dolor: el uno trae la cuita° con   *affliction*
que coma, el otro trae la desesperanza en que viene el manjar y el
20 otro trae la tribulación, y con ella, para que beba, trae el agua del
corazón a los ojos y de los ojos a la boca. Si te parece que soy bien
servido, tú lo juzgas; si remedio he menester,° tú lo ves. Ruégote   *need*
mucho, pues en esta tierra eres venido, que tú me lo busques y te
duelas de mí. No te pido otro bien sino que sepa de ti Laureola
25 cual me viste, y si por ventura te quisieres de ello excusar, porque
me ves en tiempo que me falta sentido para que te lo agradezca,
no te excuses, que mayor virtud es redimir los atribulados que
sostener los prósperos. Así sean tus obras que ni tú te quejes de
ti por lo que no hiciste, ni yo por lo que pudieras hacer.

30 RESPUESTA DEL AUTOR A LERIANO
En tus palabras, señor, has mostrado que pudo Amor prender
tu libertad y no tu virtud, lo cual se prueba porque, según te veo,
debes tener más gana de morir que de hablar, y por proveer° en   *help*
35 mi fatiga forzaste tu voluntad, juzgando por los trabajos pasados
y por la cuita presente que yo tendría de vivir poca esperanza, lo

---

14 **Me dan...** *they give me, as you can see, a martyr's crown*

que sin duda era así. Pero causaste mi perdición como deseoso de remedio y remediástela como perfecto de juicio.[15] Por cierto, no he habido menos placer de oírte que dolor de verte, porque en tu persona se muestra tu pena y en tus razones se conoce tu bondad.° Siempre en la peor fortuna socorren° los virtuosos como tú ahora a mí hiciste. Que vistas las cosas de esta tu cárcel, yo dudaba de mi salvación, creyendo ser hechas más por arte diabólica que por condición enamorada. La cuenta,° señor, que me has dado te tengo en merced, de saber quién eres soy muy alegre. El trabajo por ti recibido he por bien empleado.° La moralidad de todas estas figuras me ha placido saber, puesto que diversas veces las vi, mas como no las pueda ver sino corazón cautivo, cuando le tenía tal conocíalas, y ahora que estaba libre dudábalas.[16]

    Mándasme, señor, que haga saber a Laureola cuál te vi, para lo cual hallo grandes inconvenientes,° porque un hombre de nación extraña, ¿qué forma se podrá dar para negociación° semejante? Y no solamente hay esta duda, pero otras muchas: la rudeza de mi ingenio, la diferencia de la lengua, la grandeza de Laureola, la gravedad del negocio... Así que en otra cosa no hallo aparejo° sino en sola mi voluntad, la cual vence todos los inconvenientes dichos. Que para tu servicio la tengo tan ofrecida como si hubiese sido tuyo después que nací. Yo haré de grado° lo que mandas. Plega a Dios que lleve tal la dicha como el deseo, porque tu deliberación sea testigo de mi diligencia. Tanta afición te tengo y tanto me ha obligado amarte tu nobleza, que habría tu remedio por galardón de mis trabajos. Entre tanto que voy, debes templar° tu sentimiento con mi esperanza, porque cuando vuelva, si algún bien te trajere, tengas alguna parte viva con que puedas sentirlo.

kindness, help

account

invested

challenges
endeavor

means

pleasure

temper

El autor

Y como acabé de responder a Leriano en la manera que es escrita, informeme del camino de Suria, ciudad donde estaba a la sazón°

---

   15   **Y remediástela...** *and now you have saved it (life) in your perfect judgment.*

   16   **Mas como no...** *but since only a captive heart can see them (the allegorical figures), when my heart was in this state, I could see them. Now that my heart is free, I doubt their existence.*

el rey de Macedonia, que era media jornada de la prisión donde   moment
partí.[17] Y puesto en obra mi camino, llegué a la corte y después
que 'me aposenté,° fui a palacio por ver el trato y estilo de la gen-   settled down
te cortesana, y también para mirar la forma del aposentamiento,
5   por saber dónde me cumplía ir, estar o aguardar° para el negocio   wait
que quería aprender. E hice esto ciertos días por aprender mejor
lo que más me conviniese. Y cuanto más estudiaba en la forma
que tendría, menos disposición° se me ofrecía para lo que desea-   opportunity
ba, y buscadas todas las maneras que me habían de aprovechar,
10 hallé la más aparejada° comunicarme con algunos mancebos°   recourse
cortesanos de los principales que allí veía. Y como generalmente   young men
entre aquellos se suele hallar la buena crianza, así me trataron
y dieron cabida,° que en poco tiempo yo fui tan estimado entre   welcome
ellos como si fuera de su natural nación, de forma que vine a no-
15 ticia° de las damas. Y así de poco en poco hube de ser conocido   attention
de Laureola, y habiendo ya noticia de mí, por más participarme
con ella contábale las cosas maravillosas de España, cosa de que
mucho holgaba.° Pues viéndome tratado de ella como servidor,   pleased
pareciome que le podría ya decir lo que quisiese, y un día que
20 la vi en una sala apartada° de las damas, puesta la rodilla° en el   separated
suelo, díjele lo siguiente: knee

EL AUTOR A LAUREOLA

No les está menos bien el perdón a los poderosos° cuando son   powerful ones
25 deservidos,° que a los pequeños la venganza° cuando son inju-   disserved, vengeance
riados.° Porque los unos 'se enmiendan° por honra y los otros   offended, rectify
perdonan por virtud, lo cual, si a los grandes hombres es debido,
más y mucho más a las generosas mujeres, que tienen el corazón
real de su nacimiento y la piedad natural de su condición. Digo
30 esto, señora, porque para lo que te quiero decir halle° osadía°   found, daring
en tu grandeza,° porque no la puedes tener sin magnificencia.   greatness
Verdad es que primero que me determinase estuve dudoso, pero
en el fin de mis dudas tuve por mejor, si inhumanamente me quisieses tratar, padecer pena por decir que sufrirla por callar.
35   Tú, señora, sabrás que caminando un día por unas aspere-

---

17 **Que era media...** *that it was a half-day's journey from the prison I had
just left.* The narrator, as a go-between, only has to travel a short distance, as
the prison is not far away from the King's court where Laureola lives.

zas° desiertas, vi que por mandado del Amor llevaban preso a   rugged
Leriano, hijo del duque Guersio, el cual me rogó que en su cuita
le ayudase, de cuya razón dejé el camino de mi reposo por tomar
el de su trabajo. Y después que largamente con él caminé, vile
meter en una prisión dulce° para su voluntad y amarga para su   welcoming
vida, donde todos los males del mundo sostiene: Dolor le atormenta, Pasión le persigue, Desesperanza le destruye, Muerte le
amenaza, Pena la ejecuta,° Pensamiento le desvela,° Deseo le   plagued, keep awake
atribula,° Tristeza le condena, Fe no le salva. Supe de él que de   distress
todo esto tú eres causa. Juzgué, según le vi, mayor dolor el que en
el sentimiento callaba que el que con lágrimas descubría, y vista
tu presencia, hallo su tormento justo. Con suspiros que le saca-
ban las entrañas me rogó te hiciese sabedora° de su mal. Su ruego   informed
fue de lástima y mi obediencia de compasión. En el sentimiento
suyo te juzgué cruel, y en tu acatamiento° te veo piadosa, lo cual   respect
va por razón que de tu hermosura se cree lo uno y de tu condición se espera lo otro. Si la pena que le causas con el merecer se
la remedias con la piedad, serás entre las mujeres nacidas la más
alabada° de cuantas nacieron. Contempla y mira cuánto es mejor   praised
que te alaben porque redimiste,° que no que te culpen porque   redeemed
mataste. Mira en qué cargo eres a Leriano, que aun su pasión te
hace servicio, pues si la remedias te da causa que puedas hacer lo
mismo que Dios, porque no es de menos estima el redimir que el
criar, así que harás tú tanto en quitarle la muerte como Dios en
darle la vida. No sé qué excusa pongas para no remediarlo, si no
crees que matar es virtud. No te suplica que le hagas otro bien
sino que te pese° de su mal, que cosa grave para ti no creas que   grieve
te la pediría, que por mejor habrá el penar que serte a ti causa
de pena. Si por lo dicho mi atrevimiento me condena, su dolor
del que me envía me absuelve, el cual es tan grande que ningún
mal me podrá venir que iguale con el que él me causa. Suplícote
sea tu respuesta conforme a la virtud que tienes, y no a la saña°   fury
que muestras, porque tú seas alabada y yo buen mensajero,° y el   messenger
cautivo° Leriano libre.   captive

Respuesta de Laureola

Así como fueron tus razones temerosas° de decir, así son graves°   fearful, serious
de perdonar. Si, como eres de España, fueras de Macedonia, tu

razonamiento° y tu vida acabaran a un tiempo. Así que, por ser   words
extraño,° no recibirás la pena que merecías, y no menos por la   foreigner
piedad que de mí juzgaste. Como quiera que en casos semejantes
tan debida es la justicia como la clemencia, la cual en ti ejecutada
5   pudiera causar dos bienes: el uno, que otros escarmentaran,° y el   learn a lesson
otro, que las altas mujeres fueran estimadas y tenidas según me-
recen. Pero si tu osadía pide el castigo, mi mansedumbre° con-   gentleness
siente que te perdone, lo que va fuera de todo derecho. Porque
no solamente por el atrevimiento debías morir, mas por la ofensa
10   que a mi bondad hiciste, en la cual pusiste duda. Porque si a
noticia de algunos lo que me dijiste viniese, mas° creerían que   but
fue por el aparejo° que en mí hallaste que por la pena° que en   readiness, pain
Leriano viste, lo que con razón así debe pensarse, viendo ser tan
justo que mi grandeza te pusiese miedo, como su mal osadía. Si
15   más entiendes en procurar su libertad, buscando remedio para él
hallarás peligro para ti. Y avísote, aunque seas extraño en la nación, que serás natural en la sepultura.° Y porque en detenerme   grave
en plática tan fea ofendo mi lengua, no digo más, que para que
sepas lo que te cumple lo dicho basta. Y si alguna esperanza te
20   queda porque te hablé, en tal caso sea de poco vivir si más de la
embajada pensares usar.[18]

El autor

Cuando acabó Laureola su habla, vi, aunque fue corta en razón,
25   fue larga en enojo,° el cual le impedía la lengua. Y despedido de   anger
ella comencé a pensar diversas cosas que gravemente me ator-
mentaban. Pensaba cuán alejado° estaba de España, acordába-   distant
seme de la tardanza° que hacía. Traía a la memoria el dolor de   delay
Leriano, desconfiaba de su salud, y visto que no podía cumplir
30   lo que me dispuse a hacer sin mi peligro o su libertad, determiné
de seguir mi propósito hasta acabar la vida o llevar a Leriano
esperanza. Y con este acuerdo volví otro día a palacio para ver
qué rostro hallaría en Laureola, la cual, como me vio, tratome de
la primera manera, sin que ninguna mudanza° hiciese, de cuya   change
35   seguridad tomé grandes sospechas. Pensaba si lo hacía por no es-

---

18   **Y si alguna…** *and if you are hopeful because I spoke with you, may your optimism be short-lived if you decide to talk to me again about Leriano.*

quivarme,° no habiendo por mal que tornase° a la razón comen- avoid, return
zada. Creía que disimulaba° por tornar al propósito para tomar pretending
emienda° de mi atrevimiento, de manera que no sabía a cuál de amends
mis pensamientos diese fe.

En fin, pasado aquel día y otros muchos, hallaba en sus apariencias más causa para osar° que razón para temer, y con este to be bold
crédito aguardé° tiempo convenible e hícele otra habla, mostran- awaited
do miedo, puesto que no lo tuviese, porque en tal negociación
y con semejantes personas 'conviene fingir° turbación. Porque it is good to pretend
en tales partes el desempacho es habido por desacatamiento,
y parece que no se estima ni acata la grandeza y autoridad de
quien oye con la desvergüenza de quien dice.[19] Y por salvarme
de este yerro hablé con ella no según desempachado, mas según
temeroso. Finalmente, yo le dije todo lo que me pareció que convenía para remedio de Leriano. Su respuesta fue de la forma de
la primera, salvo° que hubo en ella menos saña, y como, aunque except
en sus palabras había menos esquividad° para que debiese callar, avoidance
en sus muestras hallaba licencia para que osase decir. Todas las
veces que tenía lugar le suplicaba° se doliese de Leriano, y todas begged
las veces que se lo decía, que fueron diversas, hallaba áspero° lo harsh
que respondía y sin aspereza lo que mostraba. Y como traía aviso en todo lo que se esperaba provecho, miraba en ella algunas
cosas en que se conoce el corazón enamorado. Cuando estaba
sola veíala pensativa, cuando estaba acompañada no muy alegre.
Érale la compañía aborrecible° y la soledad agradable.° Más ve- hateful, pleasurable
ces se quejaba que estaba mal por huir los placeres. Cuando era
vista, fingía algún dolor, cuando la dejaban, daba grandes suspiros. Si Leriano se nombraba en su presencia, desatinaba° de lo became bewildered
que decía, volvíase súbito colorada y después amarilla, tornábase
ronca° su voz, secábasele la boca. Por mucho que encubría° sus hoarse, hid
mudanzas, forzábala la pasión piadosa a la disimulación discreta. Digo piadosa porque sin duda, según lo que después mostró,
ella recibía estas alteraciones más de piedad que de amor. Pero
como yo pensaba otra cosa, viendo en ella tales señales, tenía en

---

19 **Porque en tales...** *because, in situations like this one, where indifference is viewed as irreverent, it is better to display anger. A person who does not
react may not be accorded the same respect or admiration as a person who appears
to be moved by what he or she says.*

mi despacho alguna esperanza, y con tal pensamiento partime
para Leriano, y después que extensamente todo lo pasado le re-
conté, díjele que se esforzase a escribir a Laureola, ofreciéndome
a darle la carta, y puesto que él estaba más para hacer memorial
de su hacienda[20] que carta de su pasión, escribió las razones, de
la cual eran tales:

CARTA DE LERIANO A LAUREOLA

Si tuviera tal razón para escribirte como para quererte, sin miedo
lo osara hacer, mas en saber que escribo para ti se turba el seso y
se pierde el sentido,[21] y de esta causa antes que lo comenzase tuve
conmigo gran confusión: mi fe decía que osase, tu grandeza que
temiese; en lo uno hallaba esperanza y por lo otro desesperaba; y
en el cabo° acordé esto. Mas, ay de mí, que comencé temprano a   end
dolerme y tarde a quejarme, porque a tal tiempo soy venido, que
si alguna merced te mereciese no hay en mí cosa viva para sentirla, sino sola mi fe. El corazón está sin fuerza, el alma sin poder
y el juicio sin memoria. Pero si tanta merced quisieses hacerme
que a estas razones te pluguiese° responder, la fe con tal bien   pleases
podría bastar para restituir las otras partes que destruiste. Yo me
culpo porque te pido galardón sin haberte hecho servicio, aunque si recibes en cuenta del servir el penar,° por mucho que me   agonizing
pagues siempre pensaré que me quedas en deuda. Podrás decir
que cómo pensé escribirte: no te maravilles, que tu hermosura
causó la afición, y la afición el deseo, y el deseo la pena, y la pena
el atrevimiento... y si porque lo hice te pareciere que merezco
muerte, mándamela dar, que mucho mejor es morir por tu causa
que vivir sin tu esperanza. Y hablándote verdad, la muerte, sin
que tú me la dieses, yo mismo me la daría por hallar en ella la
libertad que en la vida busco, si tú no hubieses de quedar infama-
da° por matadora;° pues malaventurado fuese el remedio que a   disgraced, murderer
mí librase de pena y a ti te causase culpa. Por quitar tales inconvenientes, te suplico que hagas tu carta galardón de mis males,
que, aunque no me mate por lo que a ti toca, no podré vivir por
lo que yo sufro, y todavía quedarás condenada. Si algún bien qui-

---

20 **Memorial de...** *inventory of his possessions*
21 **Se turba el seso...** *troubles my mind and makes me crazy*

sieres hacerme, no lo tardes;° si no, podrá ser que tengas tiempo   delay
de arrepentirte y no lugar de remediarme.[22]

El autor

Aunque Leriano, según su grave sentimiento, se quisiera más ex-
tender usando de la discreción y no de la pena, no escribió más
largamente, porque para hacer saber a Laureola su mal bastaba
lo dicho: que cuando las cartas deben alargarse° es cuando se   be lengthy
cree que hay voluntad para leerlas quien las recibe como para
escribirlas quien las envía. Y porque él estaba libre de tal presun-
ción° no se extendió más en su carta, la cual, después de acabada,   presumption
recibí con tanta tristeza de ver las lágrimas con que Leriano me
la daba, que pude sentirla mejor que contarla. Y despedido de él,
partime para Laureola, y como llegué donde estaba, hallé propio
tiempo para poderle hablar, y antes que le diese la carta, díjele
tales razones:

El autor a Laureola

Primero que nada te diga, te suplico que recibas la pena de aquel
cautivo tuyo por descargo° de la importunidad° mía, que donde-   absolution, demands
quiera que me hallé siempre tuve por costumbre de servir antes
que importunar.° Por cierto, señora, Leriano siente más el enojo   making demands
que tú recibes que la pasión que él padece, y este tiene por el mayor mal que hay en su mal, de lo cual querría excusarse. Pero si su
voluntad, por no enojarte, desea sufrir, su alma, por no padecer,
querría quejar. Lo uno le dice que calle y lo otro le hace dar voces. Y confiando en tu virtud, apremiado° del dolor, quiere poner   constrained
sus males en tu presencia, creyendo, aunque por una parte te sea
pesado,° que por otra te causará compasión. Mira por cuántas   burdensome
cosas te merece galardón: por olvidar su cuita pide la muerte;
porque no se diga que tú la consentiste, desea la vida; porque tú
la haces, llama bienaventurada° su pena; por no sentirla, desea   fortunate
perder el juicio; por alabar tu hermosura, quería tener los ajenos°   of others
y el suyo. Mira cuánto le eres obligada que se precia de quien le
destruye. Tiene su memoria por todo su bien y le es ocasión de

---

22 **Y no lugar de...** *and not an opportunity to help me.*

todo su mal. Si por ventura, siendo yo tan desdichado, pierde por
mi intercesión lo que él merece por fe, suplícote recibas una carta
suya, y si leerla quisieres, a él harás merced por lo que ha sufrido
y a ti te culparás por lo que has causado, viendo claramente el
mal que le queda en las palabras que envía, las cuales, aunque la
boca las decía, el dolor las ordenaba.° Así te dé Dios tanta parte   *ordained*
del cielo como mereces de la tierra, que la recibas y le respondas,
y con sola esta merced le podrás redimir.° Con ella esforzarás° su   *save, strengthen*
flaqueza,° con ella aflojarás° su tormento,° con ella favorecerás°   *frailty, diminish, an-*
su firmeza,° pondrasle en estado que ni quiera más bien ni tema   *guish, reward; cons-*
más mal. Y si esto no quisieres hacer por quien debes, que es él,   *tancy*
ni por quien lo suplica, que soy yo, en tu virtud tengo esperanza
que, según la usas, no sabrás hacer otra cosa.

RESPUESTA DE LAUREOLA AL AUTOR

En tanto estrecho° me ponen tus porfías° que muchas veces he   *straits, insistence*
dudado sobre cuál haré antes: desterrar a ti de la tierra o a mí de
mi fama en darte lugar que digas lo que quisieres; y tengo acordado de no hacer lo uno de compasión tuya, porque si tu embaja-
da° es mala, tu intención es buena, pues la traes por remedio del   *endeavor*
querelloso.° Ni tampoco quiero lo otro de lástima mía, porque   *the aggrieved one*
no podría él ser libre de pena sin que yo fuese condenada de
culpa. Si pudiese remediar su mal sin amancillar° mi honra,° no   *stain, honor*
con menos afición que tú lo pides yo lo haría. Mas ya tú conoces
cuánto las mujeres deben ser más obligadas a su fama que a su
vida, la cual deben estimar en lo menos por razón de lo más, que
es la bondad. Pues si el vivir de Leriano ha de ser con la muerte
de ésta,° tú juzga a quién con más razón debo ser piadosa, a mí o   *= honra*
a su mal. Y que esto todas las mujeres deben así tener, en mucha
más manera las de real nacimiento, en las cuales así ponen los
ojos todas las gentes, que antes se ve en ella la pequeña mancilla°   *stain*
que en las bajas° la gran fealdad.° Pues en tus palabras con la ra-   *lower-class women, u*
zón te conformas, ¿cómo cosa tan injusta demandas? Mucho tie-   *liness*
nes que agradecerme porque tanto comunico contigo mis pensamientos, lo cual hago porque si me enoja tu demanda, me aplace°   *pleases*
tu condición, y he placer de mostrarte mi excusación con justas
causas por salvarme de cargo. La carta que dices que reciba fuera

bien excusada,²³ porque no tienen menos fuerza mis defensas que confianza sus porfías. Porque tú la traes pláceme de tomarla. Respuesta no la esperes ni trabajes en pedirla, ni menos en más hablar en esto, porque no te quejes de mi saña como te alabas de mi sufrimiento. Por dos cosas me culpo de haberme tanto detenido contigo: la una porque la calidad° de la plática° me deja muy enojada, y la otra porque podrás pensar que huelgo° de hablar en ella y creerás que de Leriano me acuerdo, de lo cual no me maravillo, que como las palabras sean imagen del corazón, irás contento por lo que juzgaste y llevarás buen esperanza de lo que deseas. Pues por no ser condenada de tu pensamiento, si tal lo tuvieres, te torno° a requerir que sea esta la postrimera° vez que en este caso me hables. Si no, podrá ser que te arrepientas y que buscando salud ajena° te falte remedio para la tuya.°

nature, conversation
take pleasure in

again, last

of another, = salud

El autor

Tanta confusión me ponían las cosas de Laureola, que cuando pensaba que más la entendía, menos sabía de su voluntad; cuando tenía más esperanza, me daba mayor desvío;° cuando estaba seguro, me ponía mayores miedos. Sus desatinos° cegaban° mi conocimiento. En el recibir la carta me satisfizo, en el fin de su habla 'me desesperó.° No sabía qué camino siguiese en que esperanza hallase, y como hombre sin consejo partime para Leriano con acuerdo° de darle algún consuelo,° entre tanto que buscaba el mejor medio° que para su mal convenía, y llegado donde estaba comencé a decirle:

indifference
follies, confused

despaired

intention, consolation
means

El autor a Leriano

Por el despacho° que traigo se conoce que donde falta la dicha° no aprovecha° la diligencia.° Encomendaste° tu remedio a mí, que tan contraria me ha sido la ventura que en mis propias cosas la desprecio,²⁴ porque no me puede ser en lo porvenir tan favorable que me satisfaga lo que en lo pasado me ha sido enemiga, puesto que en este caso, buena excusa° tuviera para ayudarte, porque si yo era el mensajero, tuyo era el negocio. Las cosas que

charge, happiness
benefit, diligence, en-
trusted

reason

---

23 **Fuera bien...** *would have been better if not written*
24 **Que en mis propias cosas...** *that in my own affairs I despise it*

con Laureola he pasado ni pude entenderlas, ni sabré decirlas,
porque son de condición nueva. Mil veces pensé venir a darte
remedio y otras tantas a darte la sepultura. Todas las señales de
voluntad vencida vi en sus apariencias, todos los desabrimientos°   *worries*
5 de mujer sin amor vi en sus palabras. Juzgándola me alegraba,
oyéndola 'me entristecía.° A las veces creía que lo hacía de sa-   *saddened*
bia, y a las veces de desamorada.° Pero con todo eso, viéndola   *indifference*
movible,° creía su desamor, porque cuando amor prende, hace   *changeable*
el corazón constante,° y cuando lo deja libre, mudable.° Por otra   *steadfast, fickle*
10 parte pensaba si lo hacía de medrosa,° según el bravo corazón de   *fearful*
su padre. ¿Qué dirás?: que recibió tu carta y recibida me afrentó°   *offended*
con amenazas de muerte si más en tu caso le hablaba. Mira qué
cosa tan grave parece en un punto tales dos diferencias. Si 'por
extenso° todo lo pasado te hubiese de contar,[25] antes fallecería   *in detail*
15 tiempo para decir que cosas para que te dijese. Suplícote que es-
fuerce tu seso° lo que enflaquece° tu pasión, que según estás, más   *reason, weakens*
has menester sepultura que consuelo. Si algún espacio no te das,
tus huesos querrás dejar en memoria de tu fe, lo cual no debes
hacer, que para satisfacción de ti mismo más te conviene vivir
20 para que sufras, que morir para que no penes. Esto digo porque
de tu pena te veo gloriar.° Según tu dolor, gran corona es para ti   *take glory in*
que se diga que tuviste esfuerzo para sufrirlo. Los fuertes en las
grandes fortunas muestran mayor corazón. Ninguna diferencia
entre buenos y malos habría si la bondad no fuese tentada.° Cata°   *tempted, remember*
25 que con larga vida todo se alcanza; ten esperanza en tu fe, que su
propósito de Laureola se podrá mudar y tu firmeza° nunca. No   *steadfastness*
quiero decirte todo lo que para tu consolación pensé, porque,
según tus lágrimas, en lugar de matar tus ansias, las enciendo.
Cuanto te pareciere que yo pueda hacer, mándalo, que no tengo
30 menos voluntad de servir tu persona que remediar tu salud.

RESPONDE LERIANO

La disposición en que estoy ya la ves, la privación° de mi sentido   *deprivation*
ya la conoces, la turbación de mi lengua ya la notas. Y por esto no
35 te maravilles si en mi respuesta hubiere más lágrimas que concierto, las cuales, porque Laureola las saca del corazón, son dulce

---

25 **Si...** *if I had to tell you in detail what happened*

manjar° de mi voluntad. Las cosas que con ella pasaste, pues tú,   food
que tienes libre el juicio, no las entiendes, ¿qué haré yo, que para
otra cosa no le tengo vivo sino para alabar su hermosura? Y por
llamar bienaventurada° mi fin, estas querría que fuesen las pos-   fortunate
trimeras palabras de mi vida, porque son en su alabanza. ¿Qué
mayor bien puede haber en mi mal que quererlo ella? Si fuera
tan dichoso en el galardón que merezco como en la pena que
sufro, ¿quién me pudiera igualar? Mejor me es a mí morir, pues
de ello es servida, que vivir, si por ello ha de ser enojada. Lo que
más sentiré cuando muera será saber que perecen° los ojos que   perish
la vieron y el corazón que la contempló, lo cual, según quien ella
es, va fuera de toda razón. Digo esto porque veas que sus obras,
en lugar de apocar° amor, acrecientan fe. Si en el corazón cautivo   lessen
las consolaciones hiciesen fruto, la que tú me has dado bastara
para esforzarme. Pero como los oídos de los tristes tienen cerra-
duras de pasión, no hay por donde entren al alma las palabras
de consuelo. Para que pueda sufrir mi mal, como dices, dame tú
la fuerza y yo pondré la voluntad. Las cosas de honra que pones
delante conózcolas con la razón y niégolas con ella misma. Digo
que las conozco y apruebo, si las ha de usar hombre libre de mi
pensamiento; y digo que las niego para conmigo, pues pienso,
aunque busque grave pena, que escogí honrada muerte. El trabajo que por mí has recibido y el deseo que te he visto me obligaban
a ofrecer por ti la vida todas las veces que fuere menester. Mas,
pues lo menos de ella me queda de vivir, séate satisfacción lo que
quisiera y no lo que puedo. Mucho te ruego, pues esta será la
final buena obra que tú me podrás hacer y yo recibir, que quieras llevar a Laureola en una carta mía nuevas° con que se alegre,   news
porque de ella sepa cómo me despido de la vida y de más darle
enojo. La cual, en esfuerzo que la llevarás, quiero comenzar en tu
presencia, y las razones de ella sean estas:

Carta de Leriano a Laureola

Pues el galardón de mis afanes° había de ser mi sepultura, ya   distress
soy a tiempo de recibirlo. Morir no creas que me desplace,[26] que
aquel es de poco juicio que aborrece lo que da libertad. Mas ¿qué

---

26 **Morir no creas...** *do not think that dying displeases me*

haré, qué acabará conmigo la esperanza de verte? Grave cosa para sentir. Dirás que cómo tan presto,° en un año ha o poco más que ha que soy tuyo, desfalleció mi sufrimiento: no te debes maravillar que tu poca esperanza y mi mucha pasión podían bastar para más de quitar la fuerza al sufrir. No pudiera pensar que a tal cosa dieras lugar si tus obras no me lo certificaran. Siempre creí que forzara tu condición piadosa a tu voluntad porfiada,° como quiera que en esto, si mi vida recibe el daño, mi dicha tiene la culpa. Espantado estoy cómo de ti misma no te dueles: dite la libertad, ofrecite el corazón, no quise ser nada mío por serlo del todo tuyo, pues ¿cómo te querrá servir ni tener amor quien supiere que tus propias cosas destruyes? Por cierto, tú eres tu enemiga. Si no me querías remediar porque me salvara yo, debiéraslo hacer porque no te condenaras tú. Porque en mi perdición° hubiese algún bien, deseo que te pese de ella.[27] Mas si el pesar te había de dar pena, no lo quiero, que pues nunca viviendo te hice servicio, no sería justo que muriendo te causase enojo. Los que ponen los ojos en el sol, cuanto más lo miran más se ciegan, y así, cuanto yo más contemplo tu hermosura, más ciego tengo el sentido. Esto digo porque de los desconciertos° escritos no te maravilles. Verdad es que a tal tiempo, excusado era tal descargo,° porque, según quedo, más estoy en disposición de acabar la vida que de disculpar las razones. Pero quisiera que lo que tú habías de ver fuera ordenado, porque no ocuparas tu saber en cosa tan fuera de su condición. Si consientes que muera porque se publique que pudiste matar, mal te aconsejaste, que sin experiencia mía lo certificaba la hermosura tuya.[28] Si lo tienes por bien porque no era merecedor° de tus mercedes,° pensaba alcanzar por fe lo que por desmerecer perdiese, y con este pensamiento osé tomar tal cuidado.[29] Si por ventura te place por parecerte que no se podría remediar sin tu ofensa mi cuita, nunca pensé pedirte merced que te causase culpa. ¿Cómo había de aprovecharme el bien que a ti te viniese mal? Solamente pedí tu respuesta por primero y pos-

quickly

stubborn

ruin

confusing

unburdening

worthy, kindness

---

27   **Que te...** *that my destruction torments you.*

28   **Que sin experiencia...** *that without the ordeal I experience now, your beauty still would have been proof of what you are capable.*

29   **Pensaba alcanzar...** *I was hoping to attain by devotion what I had lost for being unworthy, and it was with this thought that I dared to hope.*

trimero galardón. Dejadas más largas, te suplico, pues acabas la vida, que honres la muerte, porque si en el lugar donde van las almas desesperadas hay algún bien, no pediré otro si no sentido para sentir que honraste mis huesos, por gozar aquel poco espacio de gloria tan grande.

El autor

Acabada el habla y carta de Leriano, satisfaciendo los ojos por las palabras con muchas lágrimas, sin poderle hablar despedime de él, habiendo aquella, según le vi, por la postrimera vez que lo esperaba ver. Y puesto en el camino, puse un sobrescrito° a su carta porque Laureola en seguridad de aquel la quisiese recibir. Y llegado donde estaba, acordé de dársela, la cual creyendo que era de otra calidad, recibió, y comenzó y acabó de leer. Y como en todo aquel tiempo que la leía nunca partiese de su rostro mi vista, vi que cuando acabó de leerla quedó tan enmudecida° y turbada° como si gran mal tuviera. Y como su turbación de mirar la mía no le excusase, por asegurarme, hízome preguntas y hablas° fuera de todo propósito. Y para librarse de la compañía que en semejantes tiempos es peligrosa, porque las mudanzas públicas no descubriesen los pensamientos secretos, retrájose y así estuvo aquella noche sin hablarme nada en el propósito. Y otro día de mañana mandome llamar y después que me dijo cuantas razones bastaban para descargarse° del consentimiento que daba en la pena de Leriano, díjome que le tenía escrito, pareciéndole inhumanidad perder por tan poco precio un hombre tal. Y porque con el placer de lo que le oía estaba desatinado° en lo que hablaba, no escribo la dulzura y honestidad que hubo en su razonamiento. Quienquiera que la oyera pudiera conocer que aquel estudio había usado poco: ya de empachada° estaba encendida, ya de turbada se tornaba amarilla. Tenía tal alteración y tan sin aliento el habla como si esperara sentencia de muerte. En tal manera le temblaba la voz, que no podía forzar con la discreción al miedo. Mi respuesta fue breve, porque el tiempo para alargarme no me daba lugar, y después de besarle las manos recibí su carta, las razones de la cual eran tales:

envelope

silent
upset

statements

exonerate

lost

embarrassment

CARTA DE LAUREOLA A LERIANO

La muerte que esperabas tú de penado, merecía yo por culpada si en esto que hago pecase mi voluntad,[30] lo que cierto no es así, que más te escribo por redimir tu vida que por satisfacer tu de-
5 seo. Mas, triste de mí, que este descargo solamente aprovecha para cumplir conmigo, porque si de este pecado fuese acusada no tengo otro testigo para salvarme sino mi intención, y por ser parte tan principal no se tomaría en cuenta su dicho. Y con este miedo, la mano en el papel, puse el corazón en el cielo, haciendo
10 juez de mi fin Aquel a quien la verdad de las cosas es manifies-ta. Todas las veces que dudé en responderte fue porque sin mi condenación no podías tú ser absuelto, como ahora parece, que puesto que tú solo y el llevador de mi carta sepáis que escribí, ¿qué sé yo los juicios que daréis sobre mí? Y digo que sean sanos,
15 sola mi sospecha me amancilla.° Ruégote mucho, cuando con ***defames*** mi respuesta en medio de tus placeres estés más ufano,° que te ***content*** acuerdes de la fama de quien los causó. Y avísote de esto porque semejantes favores desean publicarse, teniendo más acatamien-to° a la victoria de ellos que a la fama de quien los da. Cuánto ***respect***
20 mejor me estuviera ser afeada° por cruel que amancillada por ***condemned*** piadosa. Tú lo conoces, y por remediarte usé lo contrario. Ya tú tienes lo que deseabas y yo lo que temía. Por Dios te pido que en-vuelvas mi carta en tu fe, porque si es tan cierta como confiesas, no se te pierda ni de nadie pueda ser vista, que quien viese lo que
25 te escribo pensaría que te amo y creería que mis razones antes eran dichas por disimulación de la verdad que por la verdad, lo cual es al revés, que por cierto más las digo, como ya he dicho, con intención piadosa que con voluntad enamorada. Por hacerte creer esto querría extenderme, y por no ponerte otra sospecha
30 acabo. Y para que mis obras recibiesen galardón justo había de hacer la vida otro tanto.

EL AUTOR

Recibida la carta de Laureola acordé de partirme para Leriano, el
35 cual camino quise hacer acompañado, por llevar conmigo quien a él y a mí ayudase en la gloria de mi embajada. Y por animarlos

---

30　**Pecase mi...** *my will was not virtuous*

para adelante llamé los mayores enemigos de nuestro negocio, que eran Contentamiento, Esperanza, Descanso, Placer, Alegría y Holganza. Y porque si las guardas de la prisión de Leriano quisiesen por llevar compañía defenderme la entrada, pensé de ir en orden de guerra, y con tal pensamiento, hecha una batalla de toda mi compañía, seguí mi camino. Y allegado a un alto donde se parecía la prisión, viendo los guardadores de ella mi seña, que era verde y colorada, en lugar de defenderse, pusiéronse en huida tan grande, que quien más huía más cerca pensaba que iba del peligro. Y como Leriano vio a sobrehora tal rebato,° no sabiendo   alarm qué cosa fuese, púsose a una ventana de la torre, hablando verdad más con flaqueza de espíritu que con esperanza de socorro. Y como me vio venir en batalla de tan hermosa gente, conoció lo que era, y lo uno de la poca fuerza y lo otro de súbito bien, perdido el sentido cayó en el suelo de dentro de la casa. Pues yo, que no llevaba espacio, como llegué a la escalera por donde solía subir, eché a Descanso delante, el cual dio extraña claridad a su tiniebla.[31] Y subido a donde estaba el ya bienaventurado, cuando le vi en manera mortal pensé que iba a buen tiempo para llorarlo y tarde para darle remedio. Pero socorrió luego Esperanza, que andaba allí la más diligente, y echándole un poco de agua en el rostro tornó en su acuerdo, y por más esforzarle dile la carta de Laureola. Y entre tanto que la leía, todos los que llevaba conmigo procuraban su salud: Alegría le alegraba el corazón, Descanso le consolaba el alma, Esperanza le volvía el sentido, Contentamiento le aclaraba la vista, Holganza le restituía la fuerza, Placer le avivaba° el entendimiento, y en tal manera lo trataron que cuando   sharpened lo que Laureola le escribió acabó de leer, estaba tan sano como si ninguna pasión hubiera tenido. Y como vio que mi diligencia le dio libertad, echábame muchas veces los brazos encima ofreciéndome a él y a todo lo suyo, y parecíale poco precio, según lo que merecía mi servicio. De tal manera eran sus ofrecimientos que no sabía responderle como yo debía y quien él era.

    Pues después que entre él y yo grandes cosas pasaron acordó de irse a la corte, y antes que fuese estuvo algunos días en una villa suya por rehacerse de fuerzas y atavíos° para su par-   clothing

---

31 **El cual...** *who brought peculiar light to the darkness.*

tida. Y como se vio en disposición de poderse partir, púsolo en obra; y sabido en la corte como iba, todos los grandes señores y mancebos cortesanos salieron a recibirle. Mas como aquellas ceremonias viejas tuviese sabidas, más ufanía° le daba la gloria   pride
5   secreta que la honra pública, y así fue acompañado hasta palacio. Cuando besó las manos a Laureola pasaron cosas mucho de notar, en especial para mí, que sabía lo que entre ellos estaba: al uno le sobraba° turbación, al otro le faltaba color; ni él sabía qué   exceeded decir, ni ella qué responder, que tanta fuerza tienen las pasiones
10   enamoradas que siempre traen el seso y discreción debajo de su bandera, lo que allí vi por clara experiencia.

      Y puesto que de las mudanzas de ellos ninguno tuviese noticia por la poca sospecha que de su pendencia había, Persio, hijo del señor de Gavia, miró en ellos trayendo el mismo pensamien-
15   to que Leriano traía. Y como las sospechas celosas escudriñan°   scrutinize las cosas secretas, tanto miró de allí adelante las hablas y señales de él, que dio crédito a lo que sospechaba, y no solamente dio fe a lo que veía, que no era nada, mas a lo que imaginaba, que era el todo. Y con este malvado pensamiento, sin más deliberación
20   ni consejo, apartó al rey en un secreto lugar y díjole afirmadamente que Laureola y Leriano se amaban y que se veían todas las noches después que él dormía, y que se lo hacía saber por lo que debía a la honra y a su servicio. Turbado el rey de cosa tal, estuvo dudoso y pensativo sin luego determinarse° a responder,   knowing how
25   y después que mucho durmió sobre ello, túvolo por verdad, creyendo, según la virtud y autoridad de Persio, que no le diría otra cosa. Pero con todo eso, primero que deliberase, quiso acordar lo que debía hacer, y puesta Laureola en una cárcel, mandó llamar a Persio y díjole que acusase de traición a Leriano según sus leyes,
30   de cuyo mandamiento fue muy afrentado. Mas como la calidad del negocio le forzaba a otorgarlo, respondió al rey que aceptaba su mando y que daba gracias a Dios que le ofrecía caso para que fuesen sus manos testimonio de su bondad. Y como semejantes actos se acostumbran en Macedonia hacer por carteles,° y no en   letters of challenge
35   presencia del rey, envió en uno Persio a Leriano las razones siguientes:

Cartel de Persio para Leriano

Pues procede de las virtuosas obras la loable° fama, justo es que
la maldad se castigue porque la virtud 'se sostenga.° Y con tanta diligencia debe ser la bondad amparada que los enemigos de
ella, si por voluntad no la obraren, por miedo la usen. Digo esto,
Leriano, porque la pena que recibirás de la culpa que cometis-
te será castigo para que tú pagues y otros teman: que, si a tales
cosas se diese lugar, no sería menos favorecida la desvirtud en
los malos, que la nobleza en los buenos. Por cierto, mal te has
aprovechado de la limpieza que heredaste: tus mayores te mostraron hacer bondad y tú aprendiste obrar traición. Sus huesos
se levantarían contra ti si supiesen cómo ensuciaste° por tal error
sus nobles obras. Pero venido eres a tiempo que recibieras por
lo hecho fin en la vida y mancilla° en la fama. ¡Malaventurados
aquellos como tú que no saben escoger muerte honesta! Sin mirar el servicio de tu rey y la obligación de tu sangre, tuviste osa-
da desvergüenza para enamorarte de Laureola, con la cual en su
cámara,° después de acostado el rey, diversas veces has hablado,
oscureciendo por seguir tu condición tu claro linaje, de cuya razón te reto° por traidor y sobre ello te entiendo matar o echar del
campo, o lo que digo hacer confesar por tu boca; donde cuanto
el mundo durare seré en ejemplo de lealtad, y atrévome a tanto
confiando en tu falsía° y mi verdad. Las armas escoge de la manera que querrás y el campo yo de parte del rey lo hago seguro.

praiseworthy
upheld

soiled

stain

bed

call

falseness

Respuesta de Leriano

Persio, mayor sería mi fortuna que tu malicia, si la culpa que me
cargas° con maldad° no te diese la pena que mereces por justicia.
Si fueras tan discreto° como malo, por quitarte° de tal peligro°
antes debieras saber mi intención que sentenciar° mis obras. A lo
que ahora conozco de ti, más curabas° de parecer bueno que de
serlo. Teniéndote por cierto amigo, todas mis cosas comunicaba
contigo, y, según parece, yo confiaba de tu virtud y tú usabas de tu
condición.° Como la bondad que mostrabas concertó la amistad,
así la falsedad que encubría° causó la enemiga. ¡O enemigo de ti
mismo! que con razón lo puedo decir, pues por tu testimonio de-
jarás la memoria con cargo y acabarás la vida con mengua.° ¿Por
qué pusiste la lengua en Laureola, que sola su bondad bastaba, si

accuse, wickedly
prudent, avoid, danger
condemn
worried

character

hid

disgrace

toda la del mundo se perdiese, para tornarla a cobrar?[32] Pues tú afirmas mentira clara y yo defiendo causa justa, ella quedará libre de culpa y tu honra no de vergüenza.

No quiero responder a tus desmesuras° porque hallo por   offensive words
más honesto camino vencerte con la persona que satisfacerte con las palabras. Solamente quiero venir a lo que hace al caso, pues allí está la fuerza de nuestro debate. Acúsasme de traidor y afirmas que entré muchas veces en su cámara de Laureola después del rey retraído.° A lo uno y a lo otro te digo que mientes, como   retired (in bed)
quiera que no niego que con voluntad enamorada la miré. Pero si fuerza de amor ordenó el pensamiento, lealtad virtuosa causó la limpieza de él. Así que por ser de ella favorecido y no por otra cosa lo pensé. Y para más afearte° te defenderé no sólo que no   befuddle
entré en su cámara, mas que palabra de amores jamás le hablé. Pues cuando la intención no peca salvo está el que se juzga, y porque la determinación° de esto ha de ser con la muerte del uno   result
y no con las lenguas de entre ambos, quede para el día del hecho la sentencia, la cual fío en Dios se dará por mí, porque tú retas con malicia y yo defiendo con razón, y la verdad determina con justicia. Las armas que a mí son de señalar sean a la brida,° se-   bridle
gún nuestra costumbre. Nosotros, armados de todas piezas, los caballos con cubiertas,° cuello y testera,° lanzas iguales y sendas°   armor, forehead, each
espadas,° sin ninguna otra arma de las usadas, con las cuales, de-   one with; swords
fendiendo lo dicho, te mataré, haré desdecir° o echaré del campo   retract the accusation
sobre ello.

El autor

Como la mala fortuna, envidiosa° de los bienes° de Leriano, usa-   jealous, happiness
se° con él de su natural condición, diole tal revés cuando le vio   used
mayor en prosperidad. Sus desdichas° causaban pasión a quien   misfortunes
las vio, y convidaban° a pena a quien las oye. Pues dejando su   reduced
cuita para hablar en su reto, después que respondió al cartel de Persio como es escrito, sabiendo el rey que estaban concertados en la batalla, aseguró el campo. Y señalado el lugar donde hiciesen y ordenadas todas las cosas que en tal acto se requerían según las ordenanzas° de Macedonia, puesto el rey en un cadalso,°   laws, judge's platform

---

32 **Para tornarla...** *to reſtore it (goodness to the earth).*

vinieron los caballeros, cada uno acompañado y favorecido como
merecía. Y guardadas en igualdad las honras de entre ambos, en-
traron en el campo. Y como los fieles° los dejaron solos, fuéronse   marshals
el uno para el otro, donde en la fuerza de los golpes° mostraron   blows
la virtud de los ánimos;° y quebradas° las lanzas en los primeros   courage, broken
encuentros, pusieron mano a las espadas y así se combatían que
quien quiera hubiera envidia de lo que obraban y compasión de
lo que padecían.[33]

Finalmente, por no detenerme en esto que parece cuento
de historias viejas, Leriano le cortó° a Persio la mano derecha,   cut off
y como la mejor parte de su persona la viese perdida, díjole:
«Persio, porque no pague tu vida por la falsedad de tu lengua,
débeste desdecir». El cual respondió: «Haz lo que has de hacer,
que aunque me falta el brazo para defender no me fallece corazón para morir». Y oyendo Leriano tal respuesta diole tanta prisa que le puso en la postrimera necesidad, y como ciertos caballeros, sus parientes,° le viesen en estrecho de muerte, suplicaron   relatives
al rey mandase echar el bastón,[34] que ellos le fiaban para que de
él hiciese justicia si claramente se hallase culpado, lo cual el rey
así les otorgó.° Y como fuesen separados, Leriano de tan grande   granted
agravio con mucha razón se sintió, no pudiendo pensar por qué
el rey tal cosa mandase. Pues como fueron separados sacáronlos
del campo iguales en ceremonia, aunque desiguales en fama, y
así los llevaron a sus posadas,° donde estuvieron aquella noche.   lodgings
Y otro día de mañana, habido Leriano su consejo, acordó de ir a
palacio a suplicar y requerir al rey en presencia de toda su corte,
le mandase restituir° en su honra, haciendo justicia de Persio, el   restore
cual, como era maligno de condición y agudo° de juicio, en tanto   sharp
que Leriano lo que es contado acordaba, hizo llamar tres hom-
bres muy conformes° de sus costumbres,° que tenía por muy su-   agreeable, way of think-
yos, y juramentándolos° que le guardasen secreto, dio a cada uno   ing; swearing them
infinito dinero por que dijesen y jurasen al rey que vieron hablar
a Leriano con Laureola en lugares sospechosos° y en tiempos   suspicious
deshonestos, los cuales 'se profirieron° a afirmarlo y jurarlo hasta   offered
perder la vida sobre ello.

---

33 **Se combatían...** *they fought in such a manner that anyone would have
been jealous of their skill and had compassion for how they suffered.*
34 **Echar el...** *throw down his staff*

No quiero decir lo que Laureola en todo esto sentía, porque
la pasión no turbe el sentido para acabar lo comenzado, porque
no tengo ahora menos nuevo su dolor que cuando estaba presente. Pues tornando a Leriano, que más de su prisión de ella se
5 dolía que de la victoria de él se gloriaba, como supo que el rey era
levantado° fuese a palacio, y presentes los caballeros de su corte,   awake
hízole un habla en esta manera:

LERIANO AL REY

10 Por cierto, señor, con mayor voluntad sufriera° el castigo de tu   suffered
justicia que la vergüenza° de tu presencia, si ayer no llevara lo   shame
mejor de la batalla,[35] donde si tú lo hubieras por bien, de la falsa
acusación de Persio quedara° del todo libre. Que puesto que a   were
vista de todos yo le diera el galardón° que merecía, gran ventaja   award
15 va de hiciéralo a hízolo. La razón por que separarnos mandaste
no la puedo pensar, en especial tocando a ti mismo el debate,
que aunque de Laureola deseases venganza, como generoso no te
faltaría piedad de padre, como quiera que en este caso bien creo
quedaste satisfecho de su descargo. Si lo hiciste por compasión
20 que habías de Persio, tan justo fuera que la hubieras de mi honra
como de su vida, siendo tu natural. Si por ventura lo consentiste
por verte aquejado° de la suplicación° de sus parientes, cuando   involved, request
les otorgaste la merced debieras acordarte de los servicios que los
míos te hicieron, pues sabes con cuanta constancia° de corazón,   steadfastness
25 cuantos de ellos en muchas batallas y combates perdieron por tu
servicio las vidas. Nunca hueste juntaste que la tercera parte de
ellos no fuese.[36] Suplícote que por juicio me satisfagas la honra
que por mis manos me quitaste. Cata que guardando las leyes
se conservan los naturales. No consientas que viva hombre que
30 tan mal guarda las preeminencias de sus pasados porque no co-
rrompan su veneno los que con él participaren.[37] Por cierto, no
tengo otra culpa sino ser amigo del culpado, y si por este indicio
merezco pena, dámela, aunque mi inocencia de ella me absuel-

---

35 **Si ayer...** *if yesterday I had not performed the best in the battle*

36 **Nunca hueste...** *you never put together an army of which my family
did not make up one third.*

37 **No consientas...** *Do not allow a man who honors his ancestors so little
to live so that he does not pollute with his poison anyone who meets him.*

va, pues conservé su amistad creyéndole bueno y no juzgándole malo. Si le das la vida por servirte de él, dígote que te será el más leal cizañador° que puedas hallar en el mundo. Requiérote contigo mismo, pues eres obligado a ser igual en derecho, que en esto determines con la prudencia que tienes y sentencies con la justicia que usas. Señor, las cosas de honra deben ser claras, y si a este perdonas por ruegos, por ser principal° en tu reino, o por lo que te placerá, no quedaré en los juicios de las gentes por disculpado del todo, que si unos creyeren la verdad por razón, otros la turbarán con malicia. Y digo que en tu reino lo cierto se sepa, nunca la fama lleva lejos lo cierto. ¿Cómo sonará en los otros lo que es pasado si queda sin castigo público? Por Dios, señor, deja mi honra sin disputa, y de mi vida y lo mío ordena lo que quisieres.

El autor
Atento estuvo el rey a todo lo que Leriano quiso decir, y acabada su habla respondiole que él habría° su consejo sobre lo que debiese hacer, que en cosa tal, con deliberación se había de dar la sentencia. Verdad es que la respuesta del rey no fue tan dulce° como debiera, lo cual fue porque si a Laureola daba por libre, según lo que vio, él no lo estaba de enojo, porque Leriano pensó de servirla, habiendo por culpado° su pensamiento,° aunque no lo fuese su intención. Y así por esto como por quitar el escándalo que andaba entre su parentela y la de Persio, mandole ir a una villa suya que estaba dos leguas de la corte, llamada Susa, entretanto que acordaba en el caso, lo que luego hizo con alegre corazón, teniendo ya a Laureola por disculpada, cosa que él tanto deseaba.

Pues como del rey fue despedido, Persio, que siempre se trabajaba en ofender su honra por condición y en defenderla por malicia, llamó los conjurados° antes que Laureola se librase, y díjoles que cada uno por su parte se fuese al rey y le dijese como de suyo, por quitarle de dudas, que él acusó a Leriano con verdad, de lo cual ellos eran testigos, que le vieron hablar diversas veces con ella en soledad. Lo que ellos hicieron de la manera que él se lo dijo, y tal forma supieron darse y así afirmaron su testimonio que turbaron al rey, el cual, después de haber sobre ello

troublemaker

important

consider

gracious

guilty, intentions

conspirators

mucho pensado, mandolos llamar. Y como vinieron, hizo a cada
uno por sí preguntas muy agudas° y sutiles para ver si los hallaría   cunning
mudables o desatinados° en lo que respondiesen. Y como debie-   reckless
ran gastar su vida en estudio de falsedad, cuanto más hablaban
5   mejor sabían concertar su mentira, de manera que el rey les dio
entera fe, por cuya información, teniendo a Persio por leal° ser-   faithful
vidor, creía que más por su mala fortuna que por su poca verdad
había llevado lo peor de la batalla. ¡Oh Persio, cuánto mejor te
estuviera la muerte una vez que merecerla tantas!

10   Pues queriendo el rey que pagase la inocencia de Laureola
por la traición de los falsos testigos, acordó que fuese sentenciada por justicia; lo cual, como viniese a noticia de Leriano, estuvo
en poco de 'perder el seso,° y con un arrebatamiento° y pasión   lose his mind, rage
desesperada, acordaba de ir a la corte a liberar a Laureola y matar
15   a Persio, o perder por ello la vida. Y viendo yo ser aquel consejo
de más peligro que esperanza, puesto con él en razón desvielo°   discouraged
de él. Y como estaba con la aceleración° desacordado,° quiso ser-   anger flustered,
virse de mi parecer en lo que hubiese de liberar, el cual me plugo
darle porque no dispusiese con alteración para que se arrepintie-
20   se con pesar;° y después que en mi 'flaco juicio° se representó lo   sorrow, poor judgme
más seguro, díjele lo que se sigue:

El autor a Leriano

Así, señor, querría ser discreto para alabar tu seso como podero-
25   so para remediar tu mal, porque fueses alegre como yo deseo y
loado° como tú mereces. Digo esto por el sabio sufrimiento que   praised
en tal tiempo muestras, que, como viste tu juicio embargado° de   overcome
pasión, conociste que sería lo que obrases, no según lo que sabes,
mas según lo que sientes. Y con este discreto conocimiento qui-
30   siste antes errar por mi consejo simple y libre que acertar por el
tuyo natural e impedido.[38] Mucho he pensado sobre lo que en
esta tu grande fortuna se debe hacer, y hallo, según mi pobre juicio, que lo primero que se cumple ordenar es tu reposo,° el cual   rest
te desvía el caso presente.
35   De mi voto° el primer acuerdo° que tomaste será el postre-   opinion, decision

---

38 **Quisiste...** *you preferred to make a mistake by following my simple and
unfettered advice than to act correctly by following your just inclination.*

ro que obres, porque como es gran cosa la que has de emprender,° así con gran pesadumbre° se debe determinar. Siempre de
lo dudoso se ha de tomar lo más seguro, y si te pones en matar
a Persio y liberar a Laureola, debes antes ver si es cosa con que
podrás salir; que como es de más estima la honra de ella que la
vida tuya, si no pudieses acabarlo dejarías a ella condenada y a ti
deshonrado. Cata que los hombres obran y la ventura° juzga:° si
a bien salen las cosas son alabadas por buenas, y si a mal, habidas
por desvariadas.° Si liberas a Laureola dirase que hiciste osadía,°
y si no que pensaste locura. Pues tienes espacio de aquí a nueve
días que se dará la sentencia, prueba° todos los otros remedios
que muestran esperanza, y si en ellos no la hallares, dispongas°
lo que tienes pensado, que en tal demanda,° aunque pierdas la
vida, la darás a tu fama. Pero en esto hay una cosa que debe ser
proveída° primero que lo cometas° y es esta: estemos ahora en
que ya has forzado° la prisión y sacado de ella a Laureola. Si la
traes a tu tierra, es condenada de culpa; donde quiera que allá la
dejes no la librarás° de pena. Cata aquí 'mayor mal° que el primero. Paréceme a mí para sanear° esto, obrando tú esto otro, que
se debe tener tal forma: yo llegaré de tu parte a Galio, hermano
de la reina, que en parte desea tanto la libertad de la presa como
tú mismo, y le diré lo que tienes acordado, y le suplicaré, porque
sea salva del cargo y de la vida, que esté para el día que fueres con
alguna gente, para que, si fuere tal tu ventura que la puedas sacar,
en sacándola la pongas en su poder a vista de todo el mundo, en
testimonio de su bondad y tu limpieza. Y que recibida, entretanto que el rey sabe lo uno y provee en lo otro, la ponga en Dala,
fortaleza suya, donde podrá venir el hecho a buen fin. Mas como
te tengo dicho, esto se ha de tomar por postrimero partido. Lo
que antes se conviene negociar es esto: yo iré a la corte y juntaré
con el cardenal de Gausa todos los caballeros y prelados° que hay
se hallaren, el cual con voluntad alegre suplicará al rey le otor-
gue° a Laureola la vida. Y si en esto no hallare remedio, suplicaré
a la reina que, con todas las honestas y principales mujeres de su
casa y ciudad, le pida la libertad de su hija, a cuyas lágrimas y petición no podrá, a mi creer, negar piedad. Y si aquí no hallo esperanza, diré a Laureola que le escriba certificándole su inocencia.
Y cuando todas estas cosas me fueren contrarias, he de proferir°

(marginal glosses)
undertake, gravity

fortune, bestows

absurd, daring

try
act upon
endeavor

provided, begin
entered

save, worse misfortune
resolve

prelates

grant

offer

al rey que darás una persona tuya que haga armas con los tres
malvados testigos; y no aprovechando nada de esto, probarás la
fuerza, en la que por ventura hallarás la piedad que en el rey yo
buscaba. Pero antes que 'me parta,° me parece que debes escribir   leave
5   a Laureola, esforzando° su miedo con seguridad de su vida, la   diminishing
cual enteramente le puedes dar. Que pues se dispone en el cielo
lo que se obra en la tierra,[39] no puede ser que Dios no reciba sus
lágrimas inocentes y tus peticiones justas.

10   ## El autor
Sólo un punto no salió Leriano de mi parecer,[40] porque le pareció
aquel propio camino para despachar° su hecho más sanamente.   accomplish
Pero con todo eso no le aseguraba el corazón, porque temía, según la saña° del rey, mandaría dar antes del plazo la sentencia,   fury
15   de lo cual no me maravillaba, porque los firmes enamorados lo
más dudoso y contrario creen más fácilmente, y lo que más desean tienen por menos cierto.[41] Concluyendo, él escribió para
Laureola con mucha duda que no querría recibir su carta, las
razones de la cual decían así:

20

Carta de Leriano a Laureola
Antes pusiera° las manos en mí para acabar la vida que en el papel   place
para comenzar a escribirte, si de tu prisión hubieran sido causa
mis obras como lo es mi mala fortuna, la cual no pudo serme
25   tan contraria que no me puso estado de bien morir, según lo que
para salvarte tengo acordado,° donde, si en tal demanda muriere,   decided
tú serás libre de la prisión y yo de tantas desaventuras: así que
será una muerte causa de dos libertades. Suplícote no me tengas
enemiga por lo que padeces, pues, como tengo dicho, no tiene la
30   culpa de ello lo que yo hice, mas lo que mi dicha quiere. Puedes
bien creer, por grandes que sean tus angustias, que siento yo mayor tormento en el pensamiento de ellas que tú en ellas mismas.
Pluguiera° a Dios que no te hubiera conocido, que aunque fue-   may it please

---

39   **Que...** *since Heaven ordains what happens on earth*
40   **Sólo un punto...** *Leriano was in complete agreement with my plan*
41   **Porque los firmes...** *because the most steadfast lovers believe what is doubtful and troubling more easily, and they are unsure of what they most desire.*

ra perdidoso° del mayor bien de esta vida, que es haberte visto,   having lost

fuera bienaventurado° en no oír ni saber lo que padeces. Tanto   fortunate

he usado vivir triste, que me consuelo° con las mismas tristezas   consolation

por causarlas tú. Mas lo que ahora siento ni recibe consuelo ni

tiene reposo, porque no deja el corazón en ningún sosiego. No

acreciente° la pena que sufres la muerte que temes, que mis ma-   increase

nos te salvarán de ella. Yo he buscado remedios° para templar°   solutions, calm

la ira del rey. Si en ellos faltare esperanza, en mí la puedes tener,

que por tu libertad haré tanto que será mi memoria, en cuanto

el mundo durare,⁴² en ejemplo de fortaleza. Y no te parezca gran

cosa lo que digo, que, sin lo que tú vales, la injusticia de tu prisión

hace justa mi osadía.⁴³ ¿Quién podrá resistir mis fuerzas, pues

tú las pones? ¿Qué no osará el corazón emprender,° estando tú   undertake

en él? Sólo un mal hay en tu salvación: que se compra por poco

precio, según lo que mereces, aunque por ella pierda la vida. Y

no solamente esto es poco, mas lo que se puede desear perder

no es nada. Esfuerza con mi esperanza tu flaqueza, porque si te

das a los pensamientos de ella podría ser que desfallecieses, de

donde dos grandes cosas se podrían recrecer:° la primera y más   occur

principal sería tu muerte; la otra, que me quitarías a mí la mayor

honra de todos los hombres, no pudiendo salvarte. Confía° en   trust

mis palabras, espera° en mis promesas, no seas como las otras   hope

mujeres, que de pequeñas causas reciben grandes temores.° Si la   fears

condición mujeril° te causare miedo, tu discreción te dé fortaleza,   womanly

la cual de mis seguridades puedes recibir. Y porque lo que haré

será prueba de lo que digo, suplícote que lo creas. No te escribo

tan largo como quisiera por proveer° lo que a tu vida cumple.°   provide, needs

El autor

En tanto que Leriano escribía, ordené° mi camino, y recibida su   prepared

carta partime con la mayor prisa que pude. Y llegado a la corte,

trabajé que Laureola la recibiese, y entendí primero en dársela

que ninguna otra cosa hiciese, por darle algún esfuerzo.° Y como   encouragement

para verla me fuese negada licencia,° informado de una cáma-   permission

ra° donde dormía, vi una ventana con una reja° no menos fuerte   bedroom, grate

---

42   **En cuanto...** *for as long as the world lasts*

43   **La injusticia...** *the injustice of your imprisonment justifies my daring.*

que cerrada. Y venida la noche, doblada° la carta muy sutilmente   folded
púsela en una lanza,° y con mucho trabajo echéla° dentro de su   lance, threw it
cámara. Y otro día en la mañana, como disimuladamente por
allí me anduviese, abierta la ventana, vila y vi que me vio, como
quiera que por la espesura° de la reja no la pude bien divisar.°   thickness, see
Finalmente ella respondió, y venida la noche, cuando sintió mis
pisadas° echó la carta en el suelo, la cual recibida, sin hablarle   steps
palabra por el peligro que en ello para ella había, acordé de irme,
y sintiéndome ir dijo: «Cata aquí el galardón que recibo de la
piedad que tuve». Y porque los que la guardaban estaban junto
conmigo no le pude responder. Tanto me lastimó aquella razón
que me dijo que, si fuera buscado, por el rastro de mis lágrimas
pudieran hallarme. Lo que respondió a Leriano fue esto:

CARTA DE LAUREOLA A LERIANO

No sé, Leriano, qué te responda, sino que en las otras gentes 'se
alaba° la piedad por virtud y en mí se castiga por vicio.° Yo hice   praised, vice
lo que debía según piadosa,° y tengo lo que merezco, según des-   merciful woman
dichada.° No fue, por cierto, tu fortuna ni tus obras causa de mi   misfortune
prisión, ni me querello° de ti, ni de otra persona en esta vida, sino   complain
de mí sola, que por liberarte de muerte me cargué de culpa, como
quiera que en esta compasión que te hube más hay pena que
carga,[44] pues remedié como inocente y pago como culpada. Pero
todavía me place más la prisión sin yerro que la libertad con él. Y
por esto, aunque pene en sufrirla, descanso en no merecerla. Yo
soy entre las que viven la que menos debiera ser viva. Si el rey no
me salva, espero la muerte; si tú me liberas, la de ti y de los tuyos:
de manera que por una parte o por otra se me ofrece dolor. Si no
me remedias,° he de ser muerta; si me liberas y llevas, seré conde-   help
nada.° Y por esto te ruego mucho te trabajes en salvar mi fama°   condemned, honor
y no mi vida, pues lo uno se acaba y lo otro dura. Busca, como
dices que haces, quien amanse° la saña del rey, que de la manera   appease
que dices no puedo ser salva° sin destrucción de mi honra. Y   saved
dejando esto a tu consejo, que sabrás lo mejor, oye el galardón
que tengo por el bien que te hice. Las prisiones que ponen a los

---

44 **Como quiera que...** *inasmuch as the compassion I had for you bears
its own torment*

que han hecho muertes me tienen puestas porque la tuya excu-
sé. Con gruesas° cadenas° estoy atada,° con ásperos° tormentos° thick, chains, bound,
me lastiman,° con grandes guardas me guardan, como si tuviese harsh, tortures; hurt
fuerzas para poderme salir. Mi sufrimiento es tan delicado y mis
penas tan crueles, que sin que mi padre dé la sentencia, tomara
la venganza,[45] muriendo en esta dura cárcel. Espantada° estoy amazed
como de tan cruel padre nació hija tan piadosa. Si le pareciera en
la condición no le temiera en la justicia, puesto que injustamente
la quiera hacer. A lo que toca a Persio no te respondo porque no
ensucie° mi lengua, como ha hecho mi fama. Verdad es que más sully
querría que de su testimonio 'se desdijese° que no que muriese retracted
por él. Mas aunque yo digo, tú determina, que, según tu juicio,
no podrás errar° en lo que acordares.° make a mistake, decide'

El autor

Muy dudoso estuve cuando recibí esta carta de Laureola sobre
enviarla a Leriano o esperar a llevarla yo, y en fin hallé por mejor
seso° no enviársela, por dos inconvenientes° que hallé: el uno era judgment, problems
porque nuestro secreto se ponía a peligro en fiarla° de nadie; el entrusting it
otro, porque las lástimas de ella le pudieran causar tal aceleración que errara sin tiempo lo que con él acertó, por donde se
pudiera todo perder.[46] Pues volviendo al propósito primero, el
día que llegué a la corte tenté° las voluntades de los principales tempted
de ella para poner en el negocio a los que hallase conformes° a mi agreeable
opinión, y ninguno hallé de contrario deseo, salvo a los parientes
de Persio. Y como esto hube sabido, supliqué° al cardenal que ya requested
dije le pluguiese hacer suplicación al rey por la vida de Laureola,
lo cual me otorgó con el mismo amor y compasión que yo se
lo pedía. Y sin más tardanza,° juntó con él todos los prelados y delay
grandes señores que allí se hallaron, y puesto en presencia del
rey, en su nombre y de todos los que iban con él, hízole un habla
en esta forma:

---

45 **Tomara la...** *he could have taken his revenge*
46 **Porque las...** *because its pitiful tone might deter him from acting de-
liberately and incite him to act so hastily that he acts foolishly, and all would have
been lost.*

El cardenal al rey

No a sinrazón° los soberanos príncipes pasados ordenaron con-   *without reason*
sejo en lo que hubiesen de hacer, según cuantos provechos° en ello   *benefits*
hallaron, y puesto que fuesen diversos, por seis razones aquella
ley debe ser conservada: la primera, porque mejor aciertan los
hombres en las cosas ajenas que en las suyas propias, porque el
corazón de cuyo es el caso no puede estar sin ira, codicia, afición,
deseo u otras cosas semejantes para determinar como debe. La
segunda, porque platicadas° las cosas siempre quedan en lo cier-   *discussed*
to. La tercera, porque si aciertan los que aconsejan, aunque ellos
dan el voto, del aconsejado es la gloria. La cuarta, por lo que
se sigue del contrario, que si por ajeno seso se yerra el negocio,
el que pide el parecer queda sin cargo y quien se lo da no sin
culpa. La quinta, porque el buen consejo muchas veces asegura
las cosas dudosas. La sexta, porque no deja tan fácilmente caer
la mala fortuna y siempre en las adversidades pone esperanza.
Por cierto, señor, turbio° y ciego consejo puede dar ninguno a sí   *unclear*
mismo siendo ocupado de saña o pasión. Y por eso no nos culpes
si en la fuerza de tu ira te venimos a enojar, que más queremos
que airado° nos reprendas porque te dimos enojo, que no que   *furiously*
arrepentido° nos condenes porque no te dimos consejo.   *repented*

Señor, las cosas obradas con deliberación y acuerdo procu-
ran provecho° y alabanza para quien las hace, y las que con saña   *advantage*
se hacen con arrepentimiento se piensan. Los sabios como tú,
cuando obran, primero deliberan que disponen, y sonles presentes todas las cosas que pueden venir, así de lo que esperan
provecho como de lo que temen revés.° Y si de cualquiera pasión   *the opposite*
impedidos se hallan, no sentencian° en nada hasta verse libres.   *pass judgment*
Y aunque° los hechos 'se dilaten° hanlo por bien, porque en se-   *even if, delayed*
mejantes casos la prisa es dañosa° y la tardanza segura.° Y como   *harmful, safe*
han sabor de hacer lo justo, piensan todas las cosas, y antes que
las hagan, siguiendo la razón, establécenles ejecución honesta.
Propiedad es de los discretos probar los consejos y por ligera
creencia no disponer, y en lo que parece dudoso tener la sentencia en peso, porque no es todo verdad lo que tiene semejanza de
verdad.[47] El pensamiento del sabio, ahora acuerde, ahora mande,

---

47   **Propiedad es de los...** *it is a trait of discrete people to consider the*

ahora ordene, nunca se parta de lo que puede acaecer,° y siempre — happen
como celoso de su fama se guarda de error; y por no caer en él
tiene memoria en lo pasado, por tomar lo mejor de ello y ordenar
lo presente con templanza° y contemplar lo porvenir° con cordu- — moderation, future
ra° por tener aviso° de todo. — prudence, knowledge

Señor, todo esto te hemos dicho por que te acuerdes de tu
prudencia y ordenes en lo que ahora estás, no según sañudo,° — fury
mas según sabedor.° Así, vuelve en tu reposo, que fuerce lo na- — a wise person
tural de tu seso al accidente de tu ira. Hemos sabido que quieres
condenar a muerte a Laureola. Si la bondad no merece ser ajusti-
ciada,° en verdad tú eres injusto juez. No quieras turbar° tu glo- — justified, tarnish
riosa fama con tal juicio, que, puesto que en él hubiese derecho,
antes serías, si lo dieses, infamado por padre cruel que alabado
por rey justiciero. Diste crédito a tres malos hombres: por cierto,
tanta razón había para pesquisar° su vida como para creer su tes- — investigate
timonio. Cata que son en tu corte mal infamados, confórmanse
con toda maldad, siempre se alaban en las razones que dicen de
los engaños que hacen. Pues, ¿por qué das más fe a la informa-
ción de ellos que al juicio° de Dios, el cual en las armas° de Persio — judgment, battle
y Leriano se mostró claramente? No seas verdugo° de tu misma — executioner
sangre, que serás entre los hombres muy afeado.° No culpes la — condemned
inocencia por consejo de la saña. Y si te pareciere que, por las
razones dichas, Laureola no debe ser salva, por lo que debes a
tu virtud, por lo que te obliga tu realeza,° por los servicios que — nobility
te hemos hecho, te suplicamos nos hagas merced° de su vida. Y — mercy
porque menos palabras de las dichas bastaban, según tu clemencia, para hacerlo, no te queremos decir sino que pienses cuánto
es mejor que perezca tu ira que tu fama.[48]

Respuesta del rey

Por bien aconsejado° me tuviera de vosotros si no tuviese sabido — advised
ser tan debido vengar las deshonras como perdonar las culpas.
No era menester decirme las razones por que los poderosos de-

---

*advice of their advisors and not to act on a whim, and to weigh carefully the
verdict in what appears to be doubtful, because not everything that appears to be
truthful is truthful.*

48 **Pienses cuánto…** *consider how much better it is for your anger to die
than your reputation.*

ben recibir consejo, porque aquellas y otras que dejaste de decir tengo yo conocidas. Mas, bien sabéis, cuando el corazón está embargado de pasión que están cerrados los oídos al consejo, y en tal tiempo las fructuosas° palabras, en lugar de amansar, acrecientan la saña, porque reverdecen° en la memoria la causa de ella. Pero digo que estuviese libre de tal impedimento, yo creería que dispongo y ordeno sabiamente la muerte de Laureola, lo cual quiero mostraros por causas justas determinadas según honra y justicia.

Si el yerro de esta mujer quedase sin pena,° no sería menos culpable que Leriano en mi deshonra. Publicado que tal cosa perdoné, sería de los comarcanos° despreciado y de los naturales desobedecido y de todos mal estimado, y podría ser acusado que supe mal conservar la generosidad de mis antecesores. Y a tanto se extendería esta culpa si castigada no fuese, que podría mancillar la fama de los pasados, la honra de los presentes y la sangre de los por venir; que sola una mácula° en el linaje cunde° toda la generación. Perdonando a Laureola sería causa de otras mayores maldades que en esfuerzo de mi perdón se harían, pues más quiero poner miedo por cruel que dar atrevimiento por piadoso, y seré estimado como conviene que los reyes lo sean. Según justicia, mirad cuantas razones hay para que sea sentenciada: bien sabéis que establecen nuestras leyes que la mujer que fuere acusada de tal pecado muera por ello. Pues ya veis cuanto más me conviene ser llamado rey justo que perdonador culpado, que lo sería muy conocido si en lugar de guardar la ley, la quebrase,° pues a sí mismo se condena quien al que yerra perdona. Igualmente se debe guardar el derecho, y el corazón del juez no se ha de mover por favor, ni amor, ni codicia, ni por ningún otro accidente. Siendo derecha, la justicia es alabada, y si es favorable,° aborrecida.° Nunca se debe torcer,° pues de tantos bienes es causa: pone miedo a los malos, sostiene los buenos, pacifica las diferencias, ataja° las cuestiones,° excusa las contiendas,° aviene° los debates, asegura los caminos, honra los pueblos, favorece los pequeños, enfrena° los mayores, es para el bien común en gran manera muy provechosa. Pues para conservar tal bien, porque las leyes se sostengan, justo es que en mis propias cosas la use. Si tanto la salud de Laureola queréis y tanto su bondad alabáis,

fruitful

rekindles

punishment

neighbors

stain, spreads

violated

partial, hated, twist

prevents, conflicts, disputes, reconciles

restrains

dad un testigo de su inocencia como hay tres de su cargo, y será perdonada con razón y alabada con verdad. Decís que debiera dar tanta fe al juicio de Dios como al testimonio de los hombres: no os maravilléis de así no hacerlo, que veo el testimonio cierto y el juicio no acabado, que, puesto que Leriano llevase lo mejor de la batalla, podemos juzgar el medio° y no saber el fin. No respondo a todos los apuntamientos° de vuestra habla por no hacer largo proceso y en el fin enviaros sin esperanza. Mucho quisiera aceptar vuestro ruego por vuestro merecimiento. Si no lo hago, habedlo por bien, que no menos debéis desear la honra del padre que la salvación de la hija.

middle

points

El autor

La desesperanza del responder del rey fue para los que la oían causa de grave tristeza; y como yo, triste, viese que aquel remedio me era contrario, busqué el que creía muy provechoso, que era suplicar a la reina le suplicase al rey por la salvación de Laureola. Y yendo a ella con este acuerdo, como aquella que tanto participaba en el dolor de la hija, topela° en una sala, que venía a hacer lo que yo quería decirle, acompañada de muchas generosas dueñas y damas, cuya autoridad bastaba para alcanzar cualquier cosa, por injusta y grave que fuera, cuanto más aquella, que no con menos razón el rey debiera hacerla que la reina pedirla. La cual, puestas las rodillas en el suelo, le dijo palabras así sabias para culparle como piadosas para amansarlo.

ran across her

Decíale la moderación que conviene a los reyes, reprendíale la perseverancia de su ira, acordábale que era padre, hablábale razones tan discretas para notar como lastimadas para sentir, suplicábale que, si tan cruel juicio dispusiese,° se quisiese satisfacer con matar a ella, que tenía los más días pasados, y dejase a Laureola, tan digna de la vida. Probábale que la muerte de la salva° mataría la fama del juez, el vivir de la juzgada y los bienes de la que suplicaba.[49] Mas tan endurecido estaba el rey en su propósito que no pudieron para con él las razones que dijo, ni las lágrimas que derramó.° Y así se volvió a su cámara con poca fuerza para

dictated

innocent one

shed

---

49 **El vivir de...** *the life of the executed one and the happiness of the one who begged.*

llorar y menos para vivir. Pues viendo que menos la reina hallaba
gracia en el rey, llegué a él como desesperado, sin temer su saña,
y díjele, porque su sentencia diese con justicia clara, que Leriano
daría una persona que hiciese armas con los tres falsos testigos, o
que él por sí lo haría, aunque bajase su merecer,[50] porque mostrase Dios lo que justamente debiese obrar. Respondiome que me
dejase de embajadas° de Leriano, que en oír su nombre le crecía   intercessor
la pasión. Pues volviendo a la reina, como supo que en la vida
de Laureola no había remedio, fuese a la prisión donde estaba y
besándola diversas veces decíale tales palabras:

LA REINA A LAUREOLA

¡Oh bondad acusada con malicia! ¡Oh virtud sentenciada con
saña! ¡Oh hija nacida para el dolor de su madre! Tú serás muerta sin justicia y de mí llorada con razón. Más poder ha tenido
tu ventura para condenarte que tu inocencia para hacerte salva.
Viviré en soledad de ti y en compañía de los dolores que en tu
lugar me dejas, los cuales, de compasión, viéndome quedar sola,
por acompañadores° me diste. Tu fin acabará dos vidas, la tuya   companions
sin causa y la mía 'por derecho,° y lo que viviere después de ti me   justly
será mayor muerte que la que tú recibirás, porque mucho más
atormenta desearla que padecerla. Pluguiera a Dios que fueras
llamada hija de la madre que murió y no de la que te vio morir.
De las gentes serás llorada en cuanto el mundo durare. Todos
los que de ti tenían noticia habían por pequeña cosa este reino
que habías de heredar, según lo que merecías. Pudiste caber en
la ira de tu padre, y dicen los que te conocen que no cupiera en
toda la tierra tu merecer.[51] Los ciegos deseaban vista por verte,
los mudos hablan por alabarte y los pobres riqueza por servirte.
A todos eras agradable y a Persio fuiste odiosa. Si algún tiempo
vivo, él recibirá de sus obras galardón justo, y aunque no me que-
den fuerzas para otra cosa sino para desear morir, para vengarme
de él tomarlas he prestadas de la enemistad que le tengo, puesto
que esto no me satisfaga, porque no podrá sanar° el dolor de la   cure

---

50   **O que él...** *or that he would do it himself, even if he tainted his
dignity*

51   **Que no cupiera...** *that the entire world is no large enough to contain
your virtues.*

mancilla° la ejecución de la venganza. ¡Oh hija mía!, ¿por qué, si   deed
la honestidad es prueba de la virtud, no dio el rey más crédito a
tu presencia que al testimonio? En el habla, en las obras, en los
pensamientos, siempre mostraste corazón virtuoso. Pues ¿por
qué consiente Dios que mueras? No hallo por cierto otra causa
sino que puede más la muchedumbre de mis pecados que el merecimiento de tu justedad, y quiso que mis errores comprendie-
sen tu inocencia. Pon, hija mía, el corazón en el cielo. No te duela
dejar lo que se acaba por lo que permanece. Quiere el Señor que
padezcas como mártir° porque goces° como bienaventurada.° De   martyr, enjoy, a blessed
mí no leves° deseo, que si fuere digna de ir donde fueres, sin tar-   one; lessen
danza° te sacare de él. ¡Qué lástima tan cruel para mí que supli-   delay
caron tantos al rey por tu vida y no pudieron todos defenderla,
y podrá un cuchillo acabarla,[52] el cual dejará el padre culpado, la
madre con dolor, la hija sin salud y el reino sin heredera!°   heir

Deténgome tanto contigo, luz mía, y dígote palabras tan lastimeras que te quiebren el corazón, porque deseo que mueras
en mi poder de dolor por no verte morir en el del verdugo por
justicia, el cual, aunque derrame tu sangre, no tendrá tan crueles
las manos como el rey la condición. Pero, pues no se cumple mi
deseo, antes que me vaya recibe los postrimeros besos de mí, tu
piadosa madre. Y así me despido de tu vista, de tu vida y de más
querer la mía.

El autor

Como la reina acabó su habla, no quiso esperar la respuesta de la
inocente por no recibir doblada mancilla,° y así ella y las señoras   sorrow
de quien fue acompañada, se despidieron de ella con el mayor
llanto de todos los que en el mundo son hechos. Y después que
fue ida, envié a Laureola un mensajero, suplicándole escribiese
al rey, creyendo que habría más fuerza en sus piadosas palabras
que en las peticiones de quien había trabajado su libertad, lo cual
luego puso en obra con mayor turbación que esperanza. La carta
decía en esta manera:

---

52 **Y podrá...** *a knife can end it*

CARTA DE LAUREOLA AL REY

Padre: he sabido que me sentencias a muerte y que se cumple de
aquí a tres días el término de mi vida, por donde conozco que no
menos deben temer los inocentes la ventura que los culpados la
ley, pues me tiene mi fortuna en el estrecho que me pudiera tener
la culpa que no tengo, lo cual conocerías si la saña te dejase ver la
verdad. Bien sabes la virtud que las crónicas pasadas publican de
los reyes y reinas donde yo procedo; pues, ¿por qué, nacida yo de
tal sangre, creíste más la información falsa que la bondad° natu-   goodness
ral? Si te place° matarme por voluntad, obra lo que por justicia no   pleases
tienes, porque la muerte que tú me dieres, aunque por causa de
temor la rehúse,° por razón de obedecer la consiento, habiendo   refused
por mejor morir en tu obediencia que vivir en tu desamor. Pero
todavía te suplico que primero acuerdes que determines, porque,
como Dios es verdad, nunca hice cosa por que mereciese pena.
Mas digo, señor, que la hiciera, tan convenible te es la piedad de
padre como el rigor de justo. Sin duda yo deseo tanto mi vida
por lo que a ti toca como por lo que a mí cumple, que al cabo soy
hija. Cata, señor, que quien crudeza° hace su peligro busca. Más   crudeness
seguro de caer estarás siendo amado por clemencia que temido
por crueldad. Quien quiere ser temido, forzado es que tema. Los
reyes crueles de todos los hombres son desamados, y estos, a las
veces, buscando cómo se venguen, hallan cómo se pierdan. Los
súbditos de los tales más desean la revuelta° del tiempo que la   passing
conservación de su estado, los salvos temen su condición y los
malos su justicia. Sus mismos familiares les tratan y buscan la
muerte, usando con ellos lo que de ellos aprendieron. Dígote,
señor, todo esto porque deseo que se sustente tu honra y tu vida.
Mal esperanza tendrán los tuyos en ti, viéndote cruel contra mí;
temiendo otro tanto les darás en ejemplo de cualquier osadía,
que quien no está seguro nunca asegura. ¡Oh cuánto están libres
de semejantes ocasiones los príncipes en cuyo corazón está la
clemencia! Si por ellos conviene que mueran sus naturales, con
voluntad se ponen por su salvación al peligro: vélanlos° de noche,   watch over them
guárdanlos de día. Más esperanza tienen los benignos° y piado-   gentle
sos° reyes en el amor de las gentes que en la fuerza de los muros   merciful
de sus fortalezas. Cuando salen a las plazas, el que más tarde
los bendice y alaba más temprano piensa que yerra. Pues mira,

señor, el daño que la crueldad causa y el provecho que la man-
sedumbre° procura. Y si todavía te pareciere mejor seguir antes [gentleness]
la opinión de tu saña que el consejo propio, malaventurada sea
hija que nació para poner en condición la vida de su padre, que
por el escándalo que pondrás con tan cruel obra nadie se fiará de
ti, ni tú de nadie te debes fiar, porque con tu muerte no procure
alguno su seguridad.[53] Y lo que más siento, sobre todo, es que
darás contra mí la sentencia y harás de tu memoria la justicia, la
cual será siempre acordada más por la causa de ella que por ella
misma. Mi sangre ocupará poco lugar y tu crueza° toda la tierra. [cruelty]
Tú serás llamado padre cruel y yo seré dicha hija inocente, que,
pues Dios es justo, él aclarará mi verdad: así quedaré libre de
culpa cuando haya recibido la pena.

El autor

Después que Laureola acabó de escribir, envió la carta al rey con
uno de aquellos que la guardaban, y tan amada era de aquel y
todos los otros guardadores, que le dieran libertad si fueran tan
obligados a ser piadosos como leales. Pues como el rey recibió la
carta, después de haberla leído, mandó muy enojadamente que
al llevador° de ella le tirasen delante. Lo cual yo viendo, comen- [messenger]
cé de nuevo a maldecir mi ventura, y puesto que mi tormento
fuese grande, ocupaba el corazón de dolor, mas no la memoria
de olvido para lo que hacer convenía. Y a la hora, porque había
más espacio para la pena que para el remedio, hablé con Galio,
tío de Laureola, como es contado, y díjele cómo Leriano quería
sacarla por fuerza de la prisión, para lo cual le suplicaba mandase
juntar° alguna gente para que, sacada de la cárcel, la tomase en su [gather]
poder y la pusiese en salvo, porque si él consigo la llevase podría
dar lugar al testimonio de los malos hombres y a la acusación de
Persio. Y como no le fuese menos cara que a la reina la muerte
de Laureola, respondiome que aceptaba lo que decía, y como su
voluntad y mi deseo fueron conformes, dio prisa en mi partida,
porque antes que el hecho se supiese 'se despachase,° la cual puse [dispatched]
luego en obra. Y llegado donde Leriano estaba, dile cuenta de lo
que hice y de lo poco que acabé; y hecha mi habla, dile la carta

---

53 **Porque con tu…** *so that your death may not serve another person.*

de Laureola, y con la compasión de las palabras de ella y con
pensamiento de lo que esperaba hacer traía tantas revueltas en el
corazón, que no sabía qué responderme. Lloraba de lástima, no
sosegaba° de sañudo,° desconfiaba según su fortuna, esperaba se-   calm down, anger
gún su justicia. Cuando pensaba que sacaría a Laureola, alegrá-
base; cuando dudaba si lo podría hacer, enmudecía.° Finalmente,   became silent
dejadas las dudas, sabida la respuesta que Galio me dio, comen-
zó a proveer° lo que para el negocio cumplía,° y como hombre   provide, needed
proveído, en tanto que yo estaba en la corte juntó quinientos
hombres de armas suyos sin que pariente ni persona del mundo
lo supiese. Lo cual acordó con discreta consideración, porque si
con sus deudos° lo comunicara, unos, por no deservir° al rey, di-   relatives, fail to serve
jeran que era mal hecho, y otros, por asegurar su hacienda, que
lo debía dejar, y otros, por ser el caso peligroso, que no lo debía
emprender. Así que por estos inconvenientes y porque por allí
pudiera saberse el hecho, quiso con sus gentes solas acometerlo.°   undertake it
Y no quedando sino un día para sentenciar a Laureola, la noche
antes juntó sus caballeros y díjoles cuanto eran más obligados
los buenos a temer la vergüenza que el peligro. Allí les acordó
cómo por las obras que hicieron aún vivía la fama de los pasados,
rogoles que por codicia de la gloria de buenos no curasen de la de
vivos, trájoles a la memoria el premio de bien morir, y mostroles
cuanto era locura temerlo no pudiendo excusarlo. Prometioles
muchas mercedes, y después que les hizo un largo razonamiento,
díjoles para qué los había llamado, los cuales a una voz juntos se
profirieron a morir con él.

　　Pues conociendo Leriano la lealtad de los suyos, túvose por
bien acompañado y dispuso su partida en anocheciendo; y lle-
gado a un valle° cerca de la ciudad, estuvo allí en celada° toda la   valley, hiding
noche, donde dio forma° en lo que había de hacer. Mandó a un   specifics
capitán suyo con cien hombres de armas que fuese a la posada°   lodging
de Persio y que matase a él y a cuantos en defensa se le pusiesen.
Ordenó que otros dos capitanes estuviesen con cada cincuenta
caballeros a pie en dos calles principales que salían a la prisión, a
los cuales mandó que tuviesen el rostro contra la ciudad, y que a
cuantos viniesen defendiesen la entrada de la cárcel, entretanto°   while
que él, con los trecientos que le quedaban trabajaba por sacar
a Laureola. Y al que dio cargo de matar a Persio, díjole que en

despachando se fuese a juntar con él. Y creyendo que a la vuelta, si acabase el hecho, había de salir peleando, porque al subir en los caballos no recibiese daño, mandó aquel mismo caudillo° que él, y los que con él fuesen, se adelantasen a la celada a cabalgar, para que hiciesen rostro a los enemigos,[54] en tanto que él y los otros tomaban los caballos, con los cuales dejó cincuenta hombres de pie para que los guardasen.

  captain

  Y como, acordado todo esto comenzase a amanecer, en abriendo las puertas movió con su gente, y entrados todos dentro en la ciudad, cada uno tuvo a cargo lo que había de hacer. El capitán que fue a Persio, dando la muerte a cuantos topaba,° no paró hasta él, que se comenzaba a armar, donde muy cruelmente sus maldades y su vida acabaron. Leriano, que fue a la prisión, acrecentando con la saña la virtud del esfuerzo, tan duramente peleó con las guardas, que no podía pasar adelante sino por encima de los muertos que él y los suyos derribaban. Y como en los peligros más la bondad se acrecienta por fuerza de armas, llegó hasta donde estaba Laureola, a la cual sacó con tanto acatamiento y ceremonia como en tiempo seguro lo pudiera hacer, y puesta la rodilla en el suelo, besole las manos como a hija de su rey. Estaba ella con la turbación presente tan sin fuerza que apenas podía moverse: desmayábale el corazón, fallecíale la color, ninguna parte de viva tenía. Pues como Leriano la sacaba de la dichosa cárcel, que tanto bien mereció guardar, halló a Galio con una batalla de gente que la estaba esperando, y en presencia de todos se la entregó. Y como quiera que sus caballeros peleaban con los que 'al rebato° venían, púsola en una hacanea ° que Galio tenía aderezada,° y después de besarle las manos otra vez, fue a ayudar y favorecer su gente, volviendo siempre a ella los ojos hasta que de vista la perdió, la cual, sin ningún contraste, llevó su tío a Dala, la fortaleza dicha.

  encountered

  suddenly, small horse
  prepared

  Pues tornando a Leriano, como ya el alboroto° llegó a oídos del rey, pidió las armas, y tocadas las trompetas y atabales,° armose toda la gente cortesana y de la ciudad. Y como el tiempo le ponía necesidad para que Leriano saliese al campo, comenzolo

  uproar
  drums

---

54 **Se adelantasen a...** *that they go ahead to the ambush site so that they confront the enemy*

a hacer, esforzando los suyos con animosas palabras, quedando
siempre en la rezaga,° sufriendo la multitud de los enemigos con   rear
mucha firmeza de corazón. Y por guardar la manera honesta que
requiere el retraer,° iba ordenado con menos prisa que el caso   retreat
5 pedía, y así, perdiendo algunos de los suyos y matando a muchos
de los contrarios, llegó adonde dejó los caballos, y guardada la
orden que para aquello había dado, sin recibir revés ni peligro ca-
balgaron él y todos sus caballeros, lo que por ventura no hiciera
si antes no proveyera el remedio. Puestos todos, como es dicho,
10 a caballo, tomó delante los peones° y siguió la vía de Susa, donde   foot soldiers
había partido. Y como se le acercaban tres batallas° del rey, sali-   squadrons
do de paso apresuró algo el andar, con tal concierto y orden que
ganaba tanta honra en el retraer como en el pelear. Iba siempre
en los postreros,° haciendo algunas vueltas cuando el tiempo las   last
15 pedía, por entretener los contrarios, para llevar su batalla más sin
congoja.° En el fin, no habiendo sino dos leguas, como es dicho,   trouble
hasta Susa, pudo llegar sin que ninguno suyo perdiese, cosa de
gran maravilla, porque con cinco mil hombres de armas venía ya
el rey envuelto con él, el cual, muy encendido de coraje, puso a la
20 hora cerco° sobre el lugar con propósito de no levantarse de allí   blockade
hasta que de él tomase venganza.° Y viendo Leriano que el rey   revenge
'asentaba real,° repartió su gente por estancias,° según sabio gue-   establishing camp, po
rrero:° donde estaba el muro más flaco,° ponía los más recios° ca-   commander, weakest,
balleros; donde había aparejo° para dar en el real, ponía los más   strong; arrangemen
25 sueltos;° donde veía más disposición para entrarle por traición o   quickest
engaño, ponía los más fieles;° en todo proveía como sabedor y en   loyal
todo osaba como varón.
     El rey, como aquel que pensaba llevar el hecho al fin, mandó
fortalecer el real y proveyó en las provisiones. Y ordenadas todas
30 las cosas que a la hueste° cumplían, mandó llegar las estancias   army
cerca° de la cerca de la villa, las cuales guarneció° de muy buena   enclosure, supplied
gente, y pareciéndole, según le acuciaba° la saña, gran tardanza   incited
esperar a tomar a Leriano por hambre, puesto que la villa fuese
muy fuerte, acordó de combatirla, lo cual probó con tan bravo
35 corazón que hubo el cercado bien menester el esfuerzo y la diligencia. Andaba sobresaliente con cien caballeros que para aquello tenía diputados: donde veía flaqueza se forzaba, donde veía
corazón alababa, donde veía mal recaudo° proveía. Concluyendo,   organization

porque me alargo, el rey mandó apartar el combate con pérdida de mucha parte de sus caballeros, en especial de los mancebos cortesanos, que siempre buscan el peligro por gloria. Leriano fue herido° en el rostro,° y no menos perdió muchos hombres princi- injured, face
pales. Pasado así este combate, diole el rey otros cinco en espacio de tres meses, de manera que le fallecían° ya las dos partes de su died
gente, cuya razón hallaba dudoso su hecho, como quiera que en el rostro ni palabras ni obras nadie se lo conociese, porque en el corazón del caudillo se esfuerzan los acaudillados.° Finalmente, followers
como supo que otra vez ordenaban combatirle, por poner cora- zón a los que le quedaban, hízoles un habla en esta forma:

Leriano a sus caballeros

Por cierto, caballeros, si como sois pocos en número no fueseis muchos en fortaleza, yo tendría alguna duda en nuestro hecho, según nuestra mala fortuna. Pero como sea más estimada la vir- tud que la muchedumbre,° vista la vuestra, antes temo necesidad large numbers
de ventura que de caballeros, y con esta consideración en solos vosotros tengo esperanza, pues es puesta en nuestras manos nuestra salud, tanto por sustentación de vida como por gloria de fama nos conviene pelear. Ahora se nos ofrece causa para dejar la bondad que heredamos a los que nos han de heredar, que mala- venturados seríamos si por flaqueza en nosotros se acabase la heredad. Así pelead que libréis de vergüenza vuestra sangre y mi nombre. Hoy se acaba o se confirma nuestra honra. Sepámonos° let us know
defender y no avergonzar, que mucho mayores son los galardo- nes de las victorias que las ocasiones de los peligros. Esta vida penosa° en que vivimos no sé por qué se deba mucho querer, painful
que es breve en los días y larga en los trabajos, la cual ni por temor se acrecienta ni por osar se acorta, pues cuando nacemos se limita su tiempo, por donde es excusado el miedo y debida la osadía. No nos pudo nuestra fortuna poner en mejor estado que en esperanza de honrada muerte o gloriosa fama. Codicia de alabanza, avaricia de honra, acaban otros hechos mayores que el nuestro. No temamos las grandes compañas° llegadas al real, que enemies
en las afrentas los menos pelean. A los simples espanta la multi- tud de los muchos y a los sabios esfuerza la virtud de los pocos. Grandes aparejos tenemos para osar: la bondad nos obliga, la

justicia nos esfuerza, la necesidad nos apremia. No hay cosa por que debamos temer, y hay mil para que debamos morir. Todas las razones, caballeros leales, que os he dicho, eran excusadas° para unnecessary creceros fortaleza, pues con ella nacisteis, mas quíselas hablar porque en todo tiempo el corazón se debe ocupar en nobleza, en el hecho con las manos, en la soledad con los pensamientos, en compañía con las palabras, como ahora hacemos, y no menos porque recibo igual gloria con la voluntad amorosa que mostráis como con los hechos fuertes que hacéis. Y porque me parece, según 'se aderezа° el combate, que somos constreñidos° a dejar con prepared, forced las obras las hablas, cada uno se vaya a su estancia.

El autor

Con tanta constancia de ánimo fue Leriano respondido de sus caballeros, que se llamó dichoso por hallarse digno de ellos, y porque estaba ya ordenado el combate fuese cada uno a defender la parte que le cabía.° Y poco después que fueron llegados, assigned tocaron en el real los atabales y trompetas, y en pequeño espacio estaban juntos al muro cincuenta mil hombres, los cuales con mucho vigor comenzaron el hecho, donde Leriano tuvo lugar de mostrar su virtud, y según los de dentro defendían, creía el rey que ninguno de ellos faltaba. Duró el combate desde mediodía hasta la noche, que los despartió.° Fueron heridos y muertos tres separated mil de los del real y tantos de los de Leriano que de todos los suyos no le habían quedado sino ciento cincuenta, y en su rostro, según esforzado,° no mostraba haber perdido ninguno, y en su a strong man sentimiento, según amoroso, parecía que todos le habían salido del ánima.° Estuvo toda aquella noche enterrando los muertos soul y loando° los vivos, no dando menos gloria a los que enterraba praising que a los que veía. Y otro día, en amaneciendo, al tiempo que 'se remudan° las guardas, acordó que cincuenta de los suyos diesen changed en una estancia que un pariente de Persio tenía cercana al muro, porque no pensase el rey que le faltaba corazón ni gente, lo cual se hizo con tan firme osadía que, quemada la estancia, mataron muchos de los defendedores de ella. Y como ya Dios tuviese por bien que la verdad de aquella pendencia se mostrase, fue preso en aquella vuelta uno de los réprobos° que condenaron a Laureola, depraved y puesto en poder de Leriano, mandó que todas las maneras de

tormento fuesen obradas en él, hasta que dijese por qué levantó
el testimonio, el cual sin apremio ninguno confesó todo el hecho
como pasó. Y después que Leriano de la verdad se informó, en-
viole al rey, suplicándole que salvase a Laureola de culpa y que
mandase ajusticiar aquel y a los otros que de tanto mal habían
sido causa. Lo cual el rey, sabido lo cierto, aceptó con alegre voluntad por la justa razón que para ello le requería. Y por no detenerme en las prolijidades° que en este caso pasaron, de los tres   details
falsos hombres se hizo tal la justicia como fue la maldad.

El cerco fue luego alzado,° y el rey tuvo a su hija por libre y   lifted
a Leriano por disculpado, y llegado a Suria, envió por Laureola
a todos los grandes de su corte, la cual vino con igual honra de
su merecimiento.° Fue recibida del rey y la reina con tanto amor   status
y lágrimas de gozo como se derramaran de dolor. El rey 'se dis-
culpaba,° la reina la besaba, todos la servían, y así se entregaban   excused
con alegría presente de la pena pasada. A Leriano mandole el rey
que no entrase por entonces en la corte hasta que pacificase a él
y a los parientes de Persio, lo que recibió 'a graveza° porque no   unkindly
podría ver a Laureola, y no pudiendo hacer otra cosa, sintiolo en
extraña manera. Y viéndose apartado de ella, dejadas las obras
de guerra, volviose a las congojas° enamoradas, y deseoso de sa-   anguish
ber en lo que Laureola estaba, rogome que le fuese a suplicar que
diese alguna forma honesta para que la pudiese ver y hablar, que
tanto deseaba Leriano guardar su honestidad que nunca pensó
hablarla en parte donde sospecha en ella se pudiese tomar, de
cuya razón él era merecedor de sus mercedes.

Yo, que con placer aceptaba sus mandamientos, partime para
Suria, y llegado allá, después de besar las manos a Laureola supliquele lo que me dijo, a lo cual me respondió que en ninguna
manera lo haría, por muchas causas que me dio para ello. Pero
no contento con decírselo aquella vez, todas las que veía se lo suplicaba. Concluyendo, respondiome al cabo que si más en aque-
llo le hablaba, que causaría que 'se desmesurase° contra mí. Pues   become angry
visto su enojo y responder, fui a Leriano con grave tristeza, y
cuando le dije que de nuevo se comenzaban sus desaventuras, sin
duda estuvo en condición de desesperar. Lo cual yo viendo, por
entretenerle díjele que escribiese a Laureola, acordándole° lo que   reminding her

hizo por ella y extrañándole su mudanza[55] en la merced que en escribirle le comenzó a hacer. Respondiome que había acordado bien, mas que no tenía que acordarle lo que había hecho por ella, pues no era nada, según lo que merecía, y también porque era de hombres bajos repetir 'lo hecho.° Y no menos me dijo que ninguna memoria le haría del galardón recibido, porque se defiende en la ley enamorada escribir qué satisfacción se recibe,[56] por el peligro que se puede recrecer si la carta es vista. Así que, sin tocar en esto, escribió a Laureola las siguientes razones:

what occurred alread

Carta de Leriano a Laureola

Laureola: según tu virtuosa piedad, pues sabes mi pasión, no puedo creer que sin alguna causa la consientas, pues no te pido cosa a tu honra fea ni a ti grave. Si quieres mi mal, ¿por qué lo dudas? A sinrazón muero, sabiendo tú que la pena grande así ocupa el corazón, que se puede sentir y no mostrar. Si lo has por bien pensado que me satisfaces con la pasión que me das, porque dándola tú, es el mayor bien que puedo esperar, justamente lo harías si la dieses a fin de galardón. Pero, ¡desdichado yo!, que la causa tu hermosura y no hace la merced tu voluntad. Si lo consientes, juzgándome desagradecido porque no me contento con el bien que me hiciste en darme causa de tan ufano pensamiento, no me culpes, que, aunque la voluntad se satisface, el sentimiento se querella. Si te place porque nunca te hice servicio, no pude subir los servicios a la alteza de lo que mereces. Cuando todas estas cosas y otras muchas pienso, hállome que dejas de hacer lo que te suplico porque me puse en cosa que no pude merecer, lo cual yo no niego, pero atrevime a ello pensando que me harías merced, no según quien la pedía, mas según tú, que la habías de dar. Y también pensé que para ello me ayudaran virtud, compasión y piedad, porque son aceptas° a tu condición, que cuando los que con los poderosos negocian para alcanzar su gracia, primero ganan las voluntades de sus familiares. Y paréceme que en nada halle remedio. Busqué ayudadores para contigo y hallelos, por cierto, leales y firmes, y todos te suplican que me hayas merced:

characteristics

---

55   **Extrañándole su...** *admonishing her for her fickleness*
56   **Porque se defiende...** *because the laws of love prohibit writing about the pleasure experienced*

el alma por lo que sufre, la vida por lo que padece, el corazón por lo que pasa, el sentido por lo que siente. Pues no niegues galardón a tantos que con ansia te lo piden y con razón te lo merecen. Yo soy el más sin ventura de los más desaventurados. Las aguas reverdecen° la tierra y mis lágrimas nunca tu esperanza, la cual   renew cabe en los campos y en las hierbas y árboles, y no puede caber en tu corazón. Desesperado habría, según lo que siento, si alguna vez me hallase solo. Pero como siempre me acompañan el pensamiento que me das, el deseo que me ordenas y la contemplación que me causas, viendo que lo voy a hacer, consuélanme acordándome que me tienen compañía de tu parte. De manera que quien causa las desesperaciones me tiene que no desespere. Si todavía te place que muera, házmelo saber, que gran bien harás a la vida, pues no será desdichada del todo: lo primero de ella se pasó en inocencia y lo del conocimiento en dolor.[57] A lo menos el fin será en descanso, porque tú lo das, el cual, si ver no me quieres, será forzado que veas.

El autor

Con mucha pena recibió Laureola la carta de Leriano, y por despedirse de él honestamente respondiole de esta manera, con determinación de jamás recibir embajada suya:

Carta de Laureola a Leriano

El pesar que tengo de tus males te sería satisfacción de ellos mismos, si creyeses cuanto es grande, y él sólo tomarías por galardón, sin que otro pidieses, aunque fuese poca paga, según lo que me tienes merecido, la cual yo te daría, como debo, si la quisieses de mi hacienda° y no de mi honra. No responderé a todas las co-   estate sas de tu carta, porque en saber que te escribo me huye la sangre del corazón y la razón del juicio. Ninguna causa de las que dices me hace consentir tu mal, sino sola mi bondad, porque cierto no estoy dudosa de él, porque el estrecho° a que llegaste fue testigo   predicament de lo que sufriste. Dices que nunca me hiciste servicio: lo que por mí has hecho me obliga a nunca olvidarlo y siempre desear

---

57 **Lo primero de...** *the first part of it was spent in innocence, and the years of understanding have been spent in pain.*

satisfacerlo, no según tu deseo, mas según mi honestidad. La
virtud, piedad y compasión que pensaste que te ayudarían para
conmigo, aunque son aceptas a mi condición, para en tu caso son
enemigos de mi fama, y por esto las hallaste contrarias. Cuando
5   estaba presa salvaste mi vida y ahora que estoy libre quieres con-
denarla. Pues tanto me quieres, antes deberías querer tu pena°   punishment
con mi honra que tu remedio° con mi culpa.° No creas que tan   cure, guilt
sanamente° viven las gentes, que sabido que te hablé, juzgasen   innocently
nuestras limpias intenciones, porque tenemos tiempo tan malo
10 que antes se afea la bondad que se alaba la virtud. Así que es
excusada° tu demanda, porque ninguna esperanza hallarás en   not necessary
ella, aunque la muerte que dices te viese recibir, habiendo por
mejor la crueldad honesta que la piedad culpada. Dirás, oyendo
tal desesperanza, que soy movible,° porque te comencé a hacer   fickle
15 merced en escribirte y ahora determino de no remediarte. Bien
sabes tú cuán sanamente lo hice, y puesto que en ello hubiera
otra cosa, tan convenible° es la mudanza en las cosas dañosas°   reasonable, harmful
como la firmeza en las honestas. Mucho te ruego que te esfuerces
como fuerte° y te remedies como discreto. No pongas en peli-   a strong man
20 gro tu vida y en disputa° mi honra, pues tanto la deseas, que   doubt
se dirá, muriendo tú, que galardono los servicios quitando las
vidas; lo que, si al rey venzo de días, se dirá al revés. Tendrás en
el reino toda la parte que quisieres, creceré tu honra, doblaré tu
renta,° subiré tu estado, ninguna cosa ordenarás que revocada°   income, overturned
25 te sea. Así que viviendo causarás que me juzguen agradecida, y
muriendo que me tengan por mal acondicionada. Aunque por
otra cosa no te esforzases sino por el cuidado que tu pena me
da, lo deberías hacer. No quiero más decirte porque no digas
que me pides esperanza y te doy consejo. Pluguiera a Dios que
30 fuera tu demanda justa, porque vieras que como te aconsejo en
lo uno te satisficiera en lo otro. Y así acabo para siempre de más
responderte ni oírte.

El autor

35 Cuando Laureola hubo escrito, díjome con propósito determinado que aquella fuese la postrimera vez que apareciese en su
presencia, porque ya de mis pláticas andaba mucha sospecha y
porque en mis idas había más peligro para ella que esperanza

para mi despacho. Pues vista su determinada voluntad, pareciéndome que de mi trabajo sacaba pena para mí y no remedio para Leriano, despedime de ella con más lágrimas que palabras, y después de besarle las manos salime de palacio con un nudo en la garganta, que pensé ahogarme por encubrir la pasión que sacaba. Y salido de la ciudad, como me vi solo, tan fuertemente comencé a llorar que de dar voces no me podía contener. Por cierto, yo tuviera por mejor quedar muerto en Macedonia que venir vivo a Castilla, lo que deseaba con razón, pues la mala ventura se acaba con la muerte y se acrecienta con la vida. Nunca por todo el camino suspiros y gemidos me fallecieron, y cuando llegué a Leriano dile la carta, y como acabó de leerla, díjele que ni se esforzase, ni se alegrase, ni recibiese consuelo, pues tanta razón había para que debiese morir, el cual me respondió que más que hasta allí me tenía por suyo, porque le aconsejaba lo propio. Y con voz y color mortal comenzó a condolerse. Ni culpaba su flaqueza, ni avergonzaba su desfallecimiento: todo lo que podía acabar su vida alababa, mostrábase amigo de los dolores, recreaba con los tormentos, amaba las tristezas: aquellos llamaba sus bienes por ser mensajeros de Laureola. Y por que fuesen tratados según de cuya parte venían, aposentolos en el corazón, festejolos con el sentimiento, convidolos con la memoria, rogábales que acabasen presto lo que venían a hacer, por que Laureola fuese servida. Y desconfiado ya de ningún bien ni esperanza, aquejado de mortales males, no pudiendo sostenerse ni sufrirse, hubo de venir a la cama, donde ni quiso comer ni beber, ni ayudarse de cosa de las que sustentan la vida, llamándose siempre bienaventurado porque era venido a sazón de hacer servicio a Laureola quitándola de enojos.

Pues como por la corte y todo el reino se publicase que Leriano se dejaba morir, íbanle a ver todos sus amigos y parientes, y para desviarle su propósito decíanle todas las cosas en que pensaban provecho. Y como aquella enfermedad se había de curar con sabias razones, cada uno aguzaba el seso lo mejor que podía. Y como un caballero llamado Tefeo fuese grande amigo de Leriano, viendo que su mal era de enamorada pasión, puesto que quién la causaba él ni nadie lo sabía, díjole infinitos males de las mujeres, y para favorecer su habla trajo todas las razo-

nes que en difamación de ellas pudo pensar, creyendo por allí
restituírle la vida. Lo cual oyendo Leriano, acordándose que era
mujer Laureola, afeó mucho a Tefeo porque en tal cosa hablaba.
Y puesto que su disposición no le consintiese mucho hablar, es-
5 forzando la lengua con la pasión de la saña, comenzó a contrade-
cirle en esta manera:

LERIANO CONTRA TEFEO Y
TODOS LOS QUE DICEN MAL DE MUJERES

10 Tefeo: para que recibieras la pena que merece tu culpa, hombre
que te tuviera menos amor te había de contradecir,° que las ra-   contradict
zones mías más te serán en ejemplo para que calles° que castigo   be quiet
para que penes.° En lo cual sigo la condición de verdadera amis-   suffer
tad, porque pudiera ser, si yo no te mostrara por vivas causas
15 tu cargo, que en cualquiera plaza 'te deslenguaras,° como aquí   speak foolishly
has hecho. Así que te será más provechoso enmendarte° por mi   reform yourself
contradicción que avergonzarte por tu perseverancia. El fin de tu
habla fue según amigo, que bien noté que la dijiste porque abo-
rrecieses la que me tiene cual ves, diciendo mal de todas mujeres,
20 y como quiera que tu intención no fue por remediarme, por la vía
que me causaste remedio, tú por cierto me lo has dado, porque
tanto me lastimaste con tus feas palabras, por ser mujer quien
me pena, que de pasión de haberte oído viviré menos de lo que
creía. En lo cual señalado bien recibí, que pena tan lastimada°   painful
25 mejor es acabarla° presto que sostenerla más. Así que me trajiste   end it
alivio para el padecer y dulce descanso para el acabar, porque las
postrimeras palabras mías sean en alabanza° de las mujeres, por-   praise
que crea mi fe la que tuvo merecer para causarla y no voluntad
para satisfacerla. Y dando comienzo a la intención tomada, quie-
30 ro mostrar quince causas por que yerran° los que en esta nación   err
ponen lengua, y veinte razones por que les somos los hombres
obligados, y diversos ejemplos de su bondad.

Y cuanto a lo primero, que es proceder por las causas que hacen yerro los que mal las tratan, fundo la primera por tal razón:
35 todas las cosas hechas por la mano de Dios son buenas necesa-
riamente, que según el obrador han de ser las obras: pues siendo
las mujeres sus criaturas, no solamente a ellas ofende quien las
afea, mas blasfema de las obras del mismo Dios.

La segunda causa es porque delante de él y de los hombres no hay pecado más abominable ni más grave de perdonar que el desconocimiento,° ¿pues cuál lo puede ser mayor que desconocer el bien que por Nuestra Señora nos vino y nos viene? Ella nos libró° de pena y nos hizo merecer la gloria, ella nos salva, ella nos sostiene, ella nos defiende, ella nos guía,° ella nos alumbra:° por ella, que fue mujer, merecen todas las otras corona° de alabanza.   ingratitude / liberated / guides, shines / crown

La tercera es porque a todo hombre es defendido según virtud, mostrarse fuerte contra 'lo flaco,° que si por ventura los que con ellas 'se deslenguan° pensasen recibir contradicción de manos, podría ser que tuviesen menos libertad° en la lengua.   what is weak / speak insultingly / free

La cuarta es porque no puede ninguno decir mal de ellas sin que a sí mismo se deshonre, porque fue criado y traído en entrañas de mujer y es de su misma sustancia, y después de esto por el acatamiento y reverencia que a las madres deben los hijos.

La quinta es por la desobediencia de Dios, que dijo por su boca que el padre y la madre fuesen honrados y acatados,° de cuya causa los que en las otras tocan merecen pena.   respected

La sexta es porque todo noble es obligado a ocuparse en actos virtuosos, así en los hechos como en las hablas, pues si las palabras torpes° ensucian° la limpieza, muy a peligro de infamia tienen la honra de los que en tales pláticas gastan su vida.   obscene, stain

La séptima es porque cuando se estableció la caballería, entre las otras cosas que era tenido a guardar° el que se armaba caballero[58] era una que a las mujeres guardase toda reverencia y honestidad, por donde se conoce que quiebra la ley de nobleza quien usa el contrario de ella.   uphold

La octava es por quitar de peligro la honra: los antiguos nobles tanto adelgazaban° las cosas de bondad y en tanto la tenían que no habían mayor miedo de cosa que de memoria culpada:[59] lo que no me parece que guardan los que anteponen la fealdad de la virtud, poniendo mácula con su lengua en su fama, que cualquiera se juzga lo que es en lo que habla.[60]   honored

La novena y muy principal es por la condenación del alma:

---

58   **Se armaba...** *who became a knight*

59   **En tanto...** *and as soon as they possessed it, they had no greater fear than a legacy of shame*

60   **Que cualquiera se...** *for a person is judged upon what he or she says.*

todas las cosas tomadas se pueden satisfacer,[61] y la fama robada tiene dudosa la satisfacción, lo que más cumplidamente determina nuestra fe.

La decena es por excusar enemistad: los que en ofensa de las mujeres despenden° el tiempo, hácense enemigos de ellas y no menos de los virtuosos, que como la virtud y la desmesura° diferencian en propiedad, no pueden estar sin enemiga. | spend / depravity

La oncena es por los daños que de tal acto malicioso 'se recrecía,° que como las palabras tienen licencia de llegar a los oídos rudos° tan bien como a los discretos, oyendo los que poco alcanzan las fealdades dichas de las mujeres, arrepentidos de haberse casado, danles mala vida o vanse de ellas, o por ventura las matan. | produces / crude

La docena es por las murmuraciones° que mucho se deben temer, siendo un hombre infamado por difamador° en las plazas, en las casas y en los campos, y dondequiera es retratado° su vicio. | gossip / defamer / discussed

La trecena es por razón del peligro, que cuando los maldicientes° que son habidos por tales, tan odiosos son a todos, que cualquiera les es más contrario, y algunas por satisfacer a sus amigas, puesto que ellas no lo pidan ni lo quieran, ponen las manos en los que en todas ponen la lengua.[62] | slanderers

La catorcena es por la hermosura que tienen, la cual es de tanta excelencia que, aunque cupiesen en ellas todas las cosas que los deslenguados les ponen, más hay en una que loar con verdad que no en todas que afear con malicia.

La quincena es por las grandes cosas de que han sido causa: de ellas nacieron hombres virtuosos que hicieron hazañas° de digna° alabanza; de ellas procedieron sabios que alcanzaron a conocer qué cosa era Dios, en cuya fe somos salvos; de ellas vinieron los inventivos° que hicieron ciudades, fuerzas y edificios de perpetua excelencia; por ellas hubo tan sutiles varones que buscaron todas las cosas necesarias para sustentación del linaje° humanal. | exploits / noteworthy / inventors / race

61   **Todas las cosas...** *all things stolen can be returned or paid back*
62   **Ponen las manos...** *strike those who defame women.*

Da Leriano veinte razones
por que los hombres son obligados a las mujeres

Tefeo: pues has oído las causas por que sois culpados tú y todos los que opinión tan errada seguís, dejada toda prolijidad, oye veinte razones por donde me proferí a probar° que los hombres a las mujeres somos obligados. De las cuales la primera es porque a los simples y rudos disponen° para alcanzar la virtud de la prudencia, y no solamente a los torpes hacen discretos, mas a los mismos discretos más sutiles, porque si de la enamorada pasión se cautivan, tanto estudian su libertad, que avivando° con el dolor el saber, dicen razones tan dulces y tan concertadas que alguna vez de compasión que les han se libran de ella. Y los simples, de su natural inocentes, cuando en amar se ponen entran con rudeza y hallan el estudio del sentimiento tan agudo que diversas veces salen sabios, de manera que suplen° las mujeres lo que naturaleza en ellos faltó.

La segunda razón es porque de la virtud de la justicia tan bien nos hacen suficientes que los penados° de amor, aunque desigual tormento reciben, hanlo por descanso, justificándose porque justamente padecen.° Y no por sola esta causa nos hacen gozar de esta virtud, mas por otra tan natural: los firmes enamorados, para abonarse° con las que sirven, buscan todas las formas que pueden, de cuyo deseo viven justificadamente sin exceder en cosa de toda igualdad por no infamarse° de malas costumbres.

La tercera, porque de la templanza° nos hacen dignos, que por no serles aborrecibles,° para venir a ser desamados, somos templados en el comer, en el beber y en todas las otras cosas que andan con esta virtud. Somos templados en el habla, somos templados en la mesura, somos templados en las obras, sin que un punto salgamos de la honestidad.

La cuarta es porque al que fallece fortaleza se la dan, y al que la tiene se la acrecientan: hácennos fuertes para sufrir, causan osadía para cometer,° ponen corazón para esperar. Cuando a los amantes se les ofrece peligro se les apareja la gloria, tienen las afrentas por vicio, estiman más la alabanza de la amiga que el precio del largo vivir. Por ellas se comienzan y acaban hechos muy hazañosos,° ponen la fortaleza en el estado que merece. Si les somos obligados, aquí se puede juzgar.

prove · prepare · inflaming · supply · sufferers · suffer · to befriend · dishonor themselves · moderation · loathsome · act · heroic

La quinta razón es porque no menos nos dotan de las virtudes teologales° que de las cardinales dichas. Y tratando de la   theological
primera, que es la fe, aunque algunos en ella dudasen, siendo
puestos en pensamiento enamorado creerían en Dios y alabarían
5   su poder, porque pudo hacer a aquella que de tanta excelencia y
hermosura les parece. Junto con esto los amadores tanto acostumbran y sostienen la fe, que de usarla en el corazón conocen
y creen con más firmeza la de Dios. Y porque no sea sabido de
quien los pena que son malos cristianos,[63] que es una mala señal
10   en el hombre, son tan devotos católicos, que ningún apóstol les
hizo ventaja.

La sexta razón es porque nos crían en el alma la virtud de la
esperanza, que puesto que los sujetos a esta ley de amores mucho
penen, siempre esperan: esperan en su fe, esperan en su firmeza,
15   esperan en la piedad de quien los pena, esperan en la condición
de quien los destruye, esperan en la ventura. Pues quien tiene
esperanza donde recibe pasión, ¿cómo no la tendrá en Dios, que
le promete descanso? Sin duda haciéndonos mal nos aparejan el
camino del bien, como por experiencia de lo dicho parece.

20   La séptima razón es porque nos hacen merecer la caridad, la
propiedad de la cual es amor: esta tenemos en la voluntad, esta
ponemos en el pensamiento, esta traemos en la memoria, esta
firmamos en el corazón... Y como quiera que los que amamos la
usemos por el provecho de nuestro fin, de él nos redunda° que   results in
25   con viva contrición la tengamos para con Dios, porque trayéndonos amor a estrecho de muerte,[64] hacemos limosnas, mandamos
decir misas, ocupámosnos en caritativas obras porque nos libre
de nuestros crueles pensamientos. Y como ellas de su natural son
devotas, participando con ellas es forzado que hagamos las obras
30   que hacen.

La octava razón, porque nos hacen contemplativos, que tanto
nos damos a la contemplación de la hermosura y gracias de quien
amamos, y tanto pensamos en nuestras pasiones, que cuando
queremos contemplar la de Dios, tan tiernos y quebrantados te-

63   **Y porque no...** *and so that the one who torments them does not know
that they are bad Christians*

64   **Porque trayéndonos amor...** *because when love brings us on the
verge of death*

nemos los corazones que sus llagas° y tormentos parece que recibimos en nosotros mismos, por donde se conoce que también por aquí nos ayudan para alcanzar la perdurable° holganza.° — wounds / everlasting, pleasure

La novena razón es porque nos hacen contritos, que como siendo penados pedimos con lágrimas y suspiros nuestro remedio, acostumbrados en aquello, yendo a confesar nuestras culpas, así gemimos° y lloramos que el perdón de ellas merecemos. — moan

La decena es por el buen consejo que siempre nos dan, que a las veces acaece hallar en su 'presto acordar° lo que nosotros cumple largo estudio y diligencia buscamos. Son sus consejos pacíficos sin ningún escándalo: quitan muchas muertes, conservan las paces, refrenan la ira y aplacan la saña. Siempre es muy sano su parecer. — quick deliberation

La oncena es porque nos hacen honrados: con ellas se alcanzan grandes casamientos con muchas haciendas° y rentas.° Y porque alguno podría responderme que la honra está en la virtud y no en la riqueza, digo que tan bien causan lo uno como lo otro. Pónennos presunciones° tan virtuosas que sacamos de ellas las grandes honras y alabanzas que deseamos, por ellas estimamos más la vergüenza que la vida, por ellas estudiamos todas las obras de nobleza, por ellas las ponemos en la cumbre° que merecen. — estates, incomes / endeavors / pedestal

La docena razón es porque apartándonos de la avaricia° nos juntan con la libertad, de cuya obra ganamos las voluntades de todos, que como largamente nos hacen depender lo que tenemos, somos alabados y tenidos en mucho amor, y en cualquier necesidad que nos sobrevenga° recibimos ayuda y servicio. Y no sólo nos aprovechan en hacernos usar la franqueza como debemos, mas ponen lo nuestro en mucho recaudo,° porque no hay lugar donde la hacienda esté más segura que en la voluntad de las gentes. — greed / befalls / vigilance

La trecena es porque acrecientan y guardan nuestros haberes° y rentas, las cuales alcanzan los hombres por ventura y consérvanlas ellas con diligencia. — possessions

La catorcena es por la limpieza que nos procuran, así en la persona como en el vestir, como en el comer, como en todas las cosas que tratamos.

La quincena es por la buena crianza que nos ponen, una

de las principales cosas de que los hombres tienen necesidad.
Siendo bien criados usamos la cortesía y esquivamos° la pesa- ·   avoid
dumbre, sabemos honrar los pequeños, sabemos tratar los mayores. Y no solamente nos hacen bien criados, mas bien quistos,°   admired
porque como tratamos a cada uno como merece, cada uno nos
da lo que merecemos.

La razón dieciséis es porque nos hacen ser galanes: por ellas
'nos desvelamos° en el vestir, por ellas estudiamos en el traer,°   take pride in, what t
por ellas 'nos ataviamos° de manera que ponemos por industria   wear; dress ourselv
en nuestras personas la buena disposición que naturaleza algu-
nos negó. Por artificio se enderezan los cuerpos, puliendo las ro-
pas con agudeza, y por el mismo se pone cabello donde fallece,
y se adelgazan o engordan las piernas si conviene hacerlo.[65] Por
las mujeres se inventan los galanes entretales,° las discretas bor-   clothes
daduras,° las nuevas invenciones.° De grandes bienes por cierto   embroideries, styles
son causa.

La diecisiete razón es porque nos conciertan la música y nos
hacen gozar de las dulcedumbres° de ella: ¿por quién se sueñan   sweetness
las dulces canciones?, ¿por quién se cantan los lindos romances?,
¿por quién se acuerdan las voces?, ¿por quién 'se adelgazan° y   refine
sutilizan todas las cosas que en el canto consisten?

La dieciochena, es porque crecen las fuerzas a los braceros,°   laborers
la maña° a los luchadores, y la ligereza° a los que voltean,° corren,   skill, agility, tumble
saltan y hacen otras cosas semejantes.

La diecinueve razón es porque afinan° las gracias:° los que,   polish, talents
como es dicho, tañen° y cantan por ellas, se desvelan tanto, que   play
suben a lo más perfecto que en aquella gracia se alcanzan. Los
trovadores° ponen por ellas tanto estudio en lo que trovan,° que   poets, write
lo bien dicho hacen parecer mejor, y en tanta manera se adelgazan, que propiamente lo que sienten en el corazón ponen por
nuevo y galán estilo en la canción, invención o copla° que quieren   poem
hacer.

La veintena y postrimera razón es porque somos hijos de
mujeres, de cuyo respeto les somos más obligados que por ninguna razón de las dichas ni de cuantas se puedan decir.

---

65 **Por artificio se...** *cleverly, they conceal their bodies by choosing subtle
clothing, place hair where it is lacking, and make their legs either thinner or
thicker when appropriate.*

Diversas razones había para mostrar lo mucho que a esta nación somos los hombres en cargo, pero la disposición mía no me da lugar a que todas las diga. Por ellas se ordenaron las reales justas,° los pomposos torneos y las alegres fiestas; por ellas aprovechan las gracias y se acaban, y comienzan todas las cosas de gentileza.° No sé causa por que de nosotros deban ser afeadas. ¡Oh culpa merecedora de grave castigo, que porque algunas hayan piedad de los que por ellas penan, les dan tal galardón! ¿A qué mujer de este mundo no harán compasión las lágrimas que vertemos,° las lástimas que decimos, los suspiros que damos? ¿cuál no creerá las razones juradas?, ¿cuál no creerá la fe certificada?, ¿a cuál no moverán las dádivas° grandes? ¿en cuál corazón no harán fruto las alabanzas debidas? ¿en cuál voluntad no hará mudanza la firmeza cierta?, ¿cuál se podrá defender del continuo seguir? Por cierto, según las armas con que son combatidas, aunque las menos se defendiesen, no era cosa de maravillar, y antes deberían ser las que no pueden defenderse alabadas por piadosas que retraídas por culpadas.[66]

jousts

elegance

shed

gifts

Prueba por ejemplos la bondad de las mujeres

Para que las loadas virtudes de esta nación fueran tratadas según merecen hubiese de poner mi deseo en otra plática,° porque no turbase mi lengua ruda su bondad clara, como quiera que ni loor° pueda crecerla ni malicia apocarla,° según su propiedad. Si hubiese de hacer memoria de las castas° y vírgenes pasadas y presentes, convenía° que fuese por divina revelación, porque son y han sido tantas que no se pueden con el seso humano comprender. Pero diré de algunas que he leído, así cristianas como gentiles° y judías, por ejemplificar con las pocas la virtud de las muchas. En las autorizadas por santas por tres razones no quiero hablar. La primera, porque lo que a todos es manifiesto parece simpleza repetirlo. La segunda, porque la Iglesia les da debida y universal alabanza. La tercera, por no poner en tan malas palabras tan excelente bondad, en especial la de Nuestra Señora, que cuantos doctores, devotos y contemplativos en ella hablaron

discussion

praise, diminish it

chaste
it would be good

pagans

---

66 **Y antes deberían...** *and those who cannot defend themselves should first be praised for their compassion than admonished for not taking action.*

no pudieron llegar al estado que merecía la menor de sus exce-
lencias. Así que me bajo a lo llano[67] donde más libremente me
puedo mover.

De las castas gentiles comenzaré en Lucrecia,[68] corona de la
nación romana, la cual fue mujer de Colatino, y siendo forzada
de Tarquino hizo llamar a su marido, y venido donde ella estaba,
díjole: «Sabrás, Colatino, que pisadas° de hombre ajeno ensu-   footsteps
ciaron° tu lecho,° donde, aunque el cuerpo fue forzado, quedó el   polluted, bed
corazón inocente, porque soy libre de la culpa; mas no me absuel-
vo de la pena, porque ninguna dueña por ejemplo mío pueda ser
vista errada».[69] Y acabando estas palabras acabó con un cuchillo
su vida.

Porcia[70] fue hija del noble Catón y mujer de Bruto, varón virtuoso, la cual sabiendo la muerte de él, aquejada° de grave dolor,   afflicted
acabó sus días comiendo brasas° por hacer sacrificio de sí mis-   coals
ma.

Penélope[71] fue mujer de Ulises, e ido él a la guerra troya-
na, siendo los mancebos de Ítaca aquejados de su hermosura,
pidiéronla muchos de ellos en casamiento; y deseosa de 'guar-
dar castidad° a su marido, para defenderse de ellos dijo que la   be faithful
dejasen cumplir una tela,° como acostumbraban las señoras de   tapestry

---

67   **Me bajo a...** *I descend to a lower level*

68   Lucretia is the Roman heroine whose suicide paved the way for the
birth of the Roman Republic. After Tarquin, who was the son of the Etruscan king of Rome, raped Lucretia, who was married to the nobleman Lucius
Tarquinnius Collatinus, Lucretia made her husband and her father promise
that they would punish Tarquin. Lucretia's husband and father led a rebellion
against Tarquin's family, who fled Rome in 509 B.C.

69   **Porque ninguna...** *so that not a single woman, by virtue of my example, can be seen as tainted.*

70   Porcia was the daughter of the Roman Marcus Porcius Cato Uticen-
cis and the wife of Marcus Junius Brutus, one of Julius Caesar's assassins. It is
believed that she committed suicide by swallowing coal when she learned of
her husband's death.

71   Penelope is revered for her loyalty to her husband, Ulysses. She and
her husband were married only one year when he left her to fight in the Trojan
War. During his absence, many men proposed marriage, but she rejected all
of the proposals, telling her suitors that she would change her mind when she
finished weaving a funeral shroud for her father-in-law Laertes. She weaved it
during the day and unraveled at night.

aquel tiempo esperando a sus maridos, y que luego haría lo que
le pedían. Y como le fuese otorgado, con astucia sutil lo que tejía
de día deshacía° de noche, en cuya labor pasaron veinte años,   undid
después de los cuales venido Ulises, viejo, solo, destruido, así lo
recibió la casta dueña como si viniera en fortuna de prosperidad.

Julia,[72] hija del César, primer emperador en el mundo, siendo mujer de Pompeo, en tanta manera lo amaba, que trayendo
un día sus vestiduras sangrientas, creyendo ser muerto, caída en
tierra súbitamente murió.

Artemisa,[73] entre los mortales tan alabada, como fuese ca-
sada con Manzol, rey de Icaria, con tanta firmeza le amó que
después de muerto le dio sepultura en sus pechos, quemando
sus huesos en ellos, la ceniza de los cuales poco a poco se bebió,
y después de acabados los oficios que en el acto se requerían,
creyendo que se iba para él matóse con sus manos.

Argia[74] fue hija del rey Adrastro y casó con Pollinices, hijo de
Edipo, rey de Tebas. Y como Pollinices en una batalla a manos
de su hermano muriese, sabido de ella, salió de Tebas sin temer
la impiedad° de sus enemigos ni la braveza de las fieras bestias, ni   wickedness
la ley del emperador, la cual vedaba° que ningún cuerpo muerto   prohibited
se levantase del campo. Fue por su marido en las tinieblas de la
noche, y hallándolo ya entre otros muchos cuerpos llevolo a la
ciudad, y haciéndole quemar, según su costumbre, con amargas
lágrimas hizo poner sus cenizas en una arca° de oro, prometien-   chest
do su vida a perpetua castidad.

Hipo[75] la greciana,° navegando por la mar, quiso su mala for-   Grecian

---

72   Julia, the only child of Julius Caesar, was a beautiful and virtuous
woman, who, upon learning of her husband Pompey's supposed death, suffered complications from premature labor and died during childbirth.

73   Artemisia was the wife of the king Mausolus, whose death left Artemisia so grief-stricken that she cremated his body and drank his ashes.

74   Argea is another woman whose virtue and love are renowned. When
Argea learned of the death of her husband Polynices, she went in search of his
body, risking her own life. When she found Polynices' body, she attempted to
revive him with kisses but was not successful.

75   Hippo was a Greek woman who is a model of chastity. When the
enemy captured her boat at sea, Hippo chose to commit suicide by throwing
herself into the water to preserve her chasteness.

tuna que tomasen su navío los enemigos, los cuales, queriendo
tomar de ella más parte que les daba, conservando su castidad
hízose a la una parte del navío, y dejada caer en las ondas° pudie-   waves
ron ahogar a ella, mas no la fama de su hazaña loable.

5   No menos digna de loor fue su mujer de Admeto, rey de
Tesalia, que sabiendo que era profetizado por el dios Apolo que
su marido recibiría muerte si no hubiese quien voluntariamente
la tomase por él,[76] con alegre voluntad, porque el rey viviese, dispuso de matarse.

10   De las judías, Sara,[77] mujer del padre Abraham, como fuese
presa en poder del rey Faraón, defendiendo su castidad con las
armas de la oración, rogó a Nuestro Señor la librase de sus manos, el cual, como quisiese acometer con ella toda maldad, oída
en el cielo su petición, enfermó el rey. Y conocido que por su mal
15   pensamiento adolecía,° sin ninguna mancilla la mandó liberar.   was ill

Débora,[78] dotada de tantas virtudes, mereció haber espíritu
de profecía[79] y no solamente mostró su bondad en las artes mujeriles, mas en las feroces batallas, peleando contra los enemigos
con virtuoso ánimo. Y tanta fue su excelencia que juzgó° cuaren-   ruled
20   ta años al pueblo judaico.

Ester,[80] siendo llevada a la cautividad de Babilonia, por su
virtuosa hermosura fue tomada para mujer de Asuero, rey que
señoreaba° 'a la sazón° ciento veintisiete provincias, la cual por   reigned, at that time
sus méritos y oración libró los judíos de la cautividad que te-
25   nían.

Su madre de Sansón,[81] deseando haber hijo, mereció por su

---

76   **Si no hubiese...** *unless there were someone who would die for him*

77   Sarah is another model of chasteness, who prayed to God that He
would protect her from the Egyptian king who wanted to marry her. When-
ever the king tried to touch Sarah, an angel sent by God struck the king, and
after receiving one blow that made the king ill, he released Sarah.

78   Deborah was a woman of many talents who was not only a prophetess, but she also served as judge for forty years in Israel.

79   **Mereció haber...** *deserved to possess the gift of prophecy*

80   Esther is another woman whose devotion to God is exemplary.
When her husband King Ahasuerus of Persia issued a decree that all Jewish
property was to be confiscated and the people killed, Esther's intervention
changed the mind of her husband, who liberated the Jews.

81   Samson's mother was barren, but an angel revealed to her that she

virtud que el ángel le revelase su nacimiento de Sansón.

Elisabel,[82] mujer de Zacarías, como fuese verdadera sierva de Dios, por su merecimiento hubo hijo santificado antes que naciese, el cual fue san Juan.

De las antiguas cristianas, más podría traer que escribir, pero por la brevedad alegaré algunas modernas de la castellana nación.

Doña María Cornel,[83] en quien se comenzó el linaje de los Corneles, porque su castidad fuese loada y su bondad no oscurecida, quiso matarse con fuego, habiendo menos miedo a la muerte que a la culpa.

Doña Isabel,[84] madre que fue del maestre de Calatrava don Rodrigo Téllez Girón y de los dos condes de Hurueña, don Alonso y don Juan, siendo viuda enfermó de una grave dolencia, y como los médicos procurasen su salud, conocida su enfermedad hallaron que no podía vivir si no casase; lo cual, como de sus hijos fuese sabido, deseosos de su vida, dijéronle que en todo caso recibiese marido, a lo cual ella respondió: «Nunca plega a Dios que tal cosa yo haga, que mejor me es a mí muriendo ser dicha madre de tales hijos que viviendo mujer de otro marido». Y con esta casta consideración así se dio al ayuno° y disciplina, que cuando murió fueron vistos misterios de su salvación. — fasting

Doña Mari García, la Beata,[85] siendo nacida en Toledo del mayor linaje de toda la ciudad, no quiso en su vida casar, guardando en ochenta años que vivió la virginal virtud, en cuya muerte fueron conocidos y averiguados° grandes milagros, de los cuales — ascertained
en Toledo hay ahora y habrá para siempre perpetuo recuerdo.

---

would conceive and give birth to a son as a reward for her virtuous life.

82   Elizabeth is the wife of Zechariah and the mother of John the Baptist. She is another example of a woman whom God rewards with a child for living a righteous life: "Both were righteous in the eyes of God, observing all the commandments and ordinances of the Lord blamelessly" (Luke 1:6).

83   María Cornel decided to kill herself when she almost succumbed to thoughts of sleeping with another man while her husband was absent.

84   Isabel de las Casas was the wife of Pedro Girón, who relinquished his title as Grand Master to marry Isabel. Upon the death of her husband, Isabel refused to remarry.

85   María García founded a religious community in the fourteenth century.

Oh, pues de las vírgenes gentiles que podría decir. Eritrea,[86] sibila° nacida en Babilonia, por su mérito profetizó por revelación divina muchas cosas advenideras,° conservando limpia virginidad hasta que murió. Palas o Minerva,[87] vista primeramente cerca de la laguna de Tritonio, nueva inventora de muchos oficios de los mujeriles y aun de algunos de los hombres, virgen vivió y acabó. Atalante,[88] la que primero hirió el puerco de Calidón, en la virginidad y nobleza le pareció. Camila,[89] hija de Matabo, rey de los bolsques, no menos que las dichas sostuvo entera virginidad. Claudia[90] vestal, Cloelia,[91] romana, aquella misma ley hasta la muerte guardaron. Por cierto, si el alargar no fuese enojoso, no me fallecerían de aquí a mil años virtuosos ejemplos que pudiese decir.

En verdad, Tefeo, según lo que has oído, tú y los que blasfemáis de todo linaje de mujeres sois dignos de castigo justo, el cual no esperando que nadie os lo dé, vosotros mismos lo tomáis, pues usando la malicia condenáis la vergüenza.

Vuelve el autor a la historia

Mucho fueron maravillados los que se hallaron presentes oyendo el concierto que Leriano tuvo en su habla, por estar tan cercano a la muerte, en cuya sazón las menos veces se halla sentido, el cual, cuando acabó de hablar, tenía ya turbada la lengua y la vista casi perdida. Ya los suyos, no pudiéndose contener, daban voces; ya sus amigos comenzaban a llorar; ya sus vasallos° y vasallas gritaban por las calles; ya todas las cosas alegres eran vueltas en dolor. Y como su madre, siendo ausente, siempre le fuese el

sibyl

coming

subjects

---

86   Erithrea was a Babyonian Sibyl (prophetess) from Greek mythology who prophesized the Trojan War.

87   Minerva was a virgin goddess of Roman mythology, and her name is Pallas Athena in Greek mythology.

88   Atalanta is a hunter from Greek mythology.

89   Camilla is a woman from Roman mythology who was the daughter of King Metabus. She spent the majority of her life in a forest, where she and other virgins devoted themselves to the hunting goddess Diana.

90   Claudia was a Vestal Virgin, who, in Ancient Rome, was a woman who served Vesta, the hearth goddess, as a priestess.

91   Cloelia was a young Roman girl who escaped from the captivity of an Etruscan king and led several other young Roman girls to safety.

mal de Leriano negado,[92] dando más crédito a lo que temía que a lo que le decían, con ansia de amor maternal, partida de donde estaba, llegó a Susa en esta triste coyuntura.° Y entrada por la puerta todos cuantos la veían le daban nuevas de su dolor, más con voces lastimeras que con razones ordenadas, la cual, oyendo que Leriano estaba en la agonía mortal, falleciéndole la fuerza, sin ningún sentido cayó en el suelo, y tanto estuvo sin acuerdo° que todos pensaban que a la madre y al hijo enterrarían° a un tiempo. Pero ya que con grandes remedios le restituyeron el conocimiento, fuese al hijo, y después que con traspasamiento de muerte,[93] con muchedumbre de lágrimas le vivió el rostro, comenzó en esta manera a decir:

occasion

consciousness
bury

LLANTO DE SU MADRE DE LERIANO

¡Oh alegre descanso de mi vejez, oh dulce hartura° de mi volun-tad! Hoy dejas de decirte hijo, y yo de más llamarme madre, de lo cual tenía temerosa sospecha por las nuevas señales que en mí vi de pocos días a esta parte. Acaecíame muchas veces,[94] cuando más la fuerza del sueño me vencía, recordar con un temblor sú-bito[95] que hasta la mañana me duraba. Otras veces, cuando en mi oratorio me hallaba rezando por tu salud, desfallecido° el co-razón, me cubría° de un sudor° frío, en manera que desde a gran pieza tornaba en acuerdo. Hasta los animales me certificaban tu mal. Saliendo un día de mi cámara vínose un can° para mí y dio tan grandes aullidos,° que así me corté el cuerpo y el habla que de aquel lugar no podía moverme. Y con estas cosas daba más crédi-to a mi sospecha que a tus mensajeros, y por satisfacerme acordé de venir a verte, donde hallo cierta la fe que di a los agüeros.° ¡Oh lumbre° de mi vista, oh ceguedad° de ella misma, que te veo morir y no veo la razón de tu muerte. Tú en edad para vivir, tú te-meroso de Dios, tú amador de la virtud, tú enemigo del vicio, tú amigo de los amigos, tú amado de los tuyos! Por cierto, hoy quita

fill

weakened
covered, sweat

dog
howls

omens
light, blindness

---

92 **Siempre le fuese...** *news about Leriano's poor health was always kept from her*

93 **Con traspasamiento...** *with deathly anguish*

94 **Acaecíame muchas...** *it has happened many times*

95 **Con un temblor...** *with a sudden trembling*

la fuerza de tu fortuna los derechos a la razón,[96] pues mueres sin tiempo y sin dolencia. Bienaventurados los bajos de condición y rudos de ingenio, que no pueden sentir las cosas sino en el grado que las entienden, y malaventurados los que con sutil juicio las trascienden, los cuales con el entendimiento agudo° tienen el   acute
sentimiento delgado. Pluguiera a Dios que fueras tú de los torpes° en el sentir, que mejor me estuviera ser llamada con tu vida   lewd ones
madre del rudo que no a ti por tu fin hijo que fue de la sola. ¡Oh muerte, cruel enemiga, que ni perdonas los culpados ni absuelves los inocentes! Tan traidora eres, que nadie para contigo tiene defensa. Amenazas° para la vejez y llevas en la mocedad.° A unos   threats, youth
matas por malicia y a otros por envidia.° Aunque tardas, nunca   jealously
olvidas. Sin ley y sin orden te riges.° Más razón había para que   rule
conservases los veinte años del hijo mozo que para que dejases los sesenta de la vieja madre. ¿Por qué volviste el derecho al revés? Yo estaba harta de ser viva y él en edad de vivir. Perdóname porque así te trato, que no eres mala del todo, porque si con tus obras causas los dolores, con ellas mismas los consuelas llevando a quien dejas con quien llevas, lo que si conmigo haces, mucho te seré obligada. En la muerte de Leriano no hay esperanza, y mi tormento con la mía recibirá consuelo. ¡Oh hijo mío! ¿qué será de mi vejez, contemplando en el fin de tu juventud?° Si yo vivo   youth
mucho, será porque podrán más mis pecados que la razón que tengo para no vivir. ¿Con qué puedo recibir pena más cruel que con larga vida? Tan poderoso fue tu mal que no tuviste para con él ningún remedio, ni te valió la fuerza del cuerpo, ni la virtud del corazón, ni el esfuerzo del ánimo.° Todas las cosas de que te po-   spirit
días valer te fallecieron. Si por precio de amor tu vida se pudiera comprar, más poder tuviera mi deseo que fuerza la muerte. Mas para librarte de ella, ni tu fortuna quiso, ni yo, triste, pude. Con dolor será mi vivir, mi comer, mi pensar y mi dormir, hasta que su fuerza y mi deseo me lleven a tu sepultura.°   tomb

EL AUTOR

El lloro que hacía su madre de Leriano crecía la pena a todos

---

96   **Hoy quita la…** *today the strength of Fortune (Fate) drains reason of its rights*

los que en ella participaban. Y como él siempre se acordase de Laureola, de lo que allí pasaba tenía poca memoria. Y viendo que le quedaba poco espacio para gozar de ver las dos cartas que de ella tenía, no sabía qué forma se diese con ellas. Cuando pensaba rasgarlas,° parecíale que ofendería a Laureola en dejar perder razones de tanto precio;[97] cuando pensaba ponerlas en poder de alguien suyo, temía que serían vistas, de donde para quien las envió se esperaba peligro. Pues tomando de sus dudas lo más seguro, hizo traer una copa de agua, y hechas las cartas pedazos echolos en ella. Y acabado esto, mandó que le sentasen en la cama, y sentado, bebióselas en el agua y así quedó contenta su voluntad. Y llegada la hora de su fin, puestos en mí los ojos, dijo: «Acabados son mis males», y así quedó su muerte en testimonio de su fe. · *tear them up*

Lo que yo sentí e hice, ligero está de juzgar. Los lloros que por él se hicieron son de tanta lástima que me parece crueldad escribirlos. Sus honras fueron conformes a su merecimiento, las cuales acabadas, acordé de partirme. Por cierto con mejor voluntad caminara para la otra vida que para esta tierra: con suspiros caminé, con lágrimas partí, con gemidos° hablé, y con tales · · · *sighs* pensamientos llegué aquí a Peñafiel,[98] donde quedo besando las manos de vuestra merced.

Acabose esta obra, intitulada Cárcel de amor, en la muy noble e muy leal ciudad de Sevilla, a tres días de marzo, año de 1492, por cuatro compañeros alemanes.[99]

---

97 **Dejar perder...** *to allow such valuable words to be destroyed*
98 Peñafiel is a town in the province of Valladolid.
99 The "four German partners" are Paul of Cologne, Johann Pegnitzer of Nuremberg, Magnus Herbst of Fils, and Thomas Glockner.

Spanish-English Glossary

A
aborrecer to shun
absolver to reprieve
acaecer to happen
acatamiento observance
aceleración anger
acero steel
acometer to combat; to attack
acordar to decide on
acuerdo scheme; agreement;
  resolve
afán eagerness; effort; desire
afición passion; affection
aflojar to lessen
afrontar to face up to
agradecer to thank
águila eagle
agudo cunning
agüero omen
aguzar to sharpen
aína readily
ala wing
alabado praised
alabanza praise
alabar to praise
alcanzar to catch
alegría happiness; mirth
alivio relief
alma soul

alejado away
allegar to arrive
alteración disturbed mind;
  perturbation; rage
amancillar to stain
amansar to appease
amarilla pale
amatar to assuage; to ease
amenazar to threaten
amparar to protect
angustia anguish
ansia longing
antecessor ancestor
aparejado suitable; appropriate
aparejo aid; assistance
apariencia demeanor
apocar to decrease
aposentamiento lodging
aposentarse to lodge; to find
  lodging; to stay
aprender to learn
apresurar to quicken
apuntamiento point
arca casket
arma weapon
arrepentirse to regret
arte magic
artificio artifice
así like this

aspereza harshness
atabal drum
atónito astonished; speechless
atormentador cruel
atormentar to torture; to afflict
atrevimiento boldness
atribular to afflict
autor narrator
auto matter
avivar to quicken

B

bastar to be enough; to suffice
bastón staff
benigno gentle; kind; moderate
bienaventurado blessed; happy; fortunate
bordadura embroidery
brasa ember
braveza ferocity
brida bridle

C

caballería knighthood
caballero knight
cadalso scaffold
cadena chain
callar to be quiet; to shut up
cámara chamber
caminante wanderer
camino path
campo countryside
cargo command; control
cartel letter
casa building
castigo punishment
catar to remember
cautivo captive

cegar to baffle; to frustrate
celado concealed
cerco siege
cerebro brain
cerradura lock
certificar to convince
cesar to stop; to cease
ciego blind
cielo heaven
cimiento foundation
cizañador mischief-maker
clara shining
clemencia compassion
codicia greed
como quiera que however
compasión pity
concertar to arrange; to set up
condenación condemnation
condenar to find guilty; to condemn
condición inclination; quality; transport
confirmar to convince; to confirm; to assure
conjurado accomplice
conocer to recognize
conocimiento knowledge
consejo advice
consentir to consent
consolación consolation
consuelo comfort
contemplación meditation
contemplativo mystic
contienda strife
convenible suitable
cortesano courtier
cortesía courtesy
constancia steadfast

costumbre custom
crédito assurance
crónica chronicle
crianza breeding
crueza cruel
cubierta barde
cubierto covered
cuenta explanation
cuestión dispute
cuita affliction; misfortune
culpa blame
culpar to blame
cumplir to fulfill; execute

D
dádiva gift
dama lady
dañoso harmful
defender to fend off
demanda requirement;
  enterprise
desacatamiento disrespect
desaparecer to vanish
descanso comfort
desconfiar to fear
desdecir to deny; to refute
deseo wish
deseoso eager
deservido disserviced; harmed
desesperar to despair; to give up
  hope
desfallecer to faint or to lose
  heart
desfallecimiento weakness
deshonra dishonor
deshonesto unseemly;
  inappropriate
deshonrado dishonored;

disgraced
desierto uninhabited
desobedecer to disobey
despachar to accomplish
despacho mission
desplegar to spread
desterrar to exile; to banish
destruir to destroy; to ruin
desvarío folly; nonsense
desvelar to keep awake
desventura misery
desvergüenza shamelessness;
  insolence; nerve
desviar to dissuade
desvirtud wickedness
diabólico diabolic
dichoso happy
diligencia diligence
diligente assiduous; diligent
discreción discretion;
  circumspection
discreto discreet; sage
dolor pain; sorrow
dudar to hesitate
duque duke
duquesa duchess

E
edificio design
empachar to be ashamed
endurecido obdurate; inflexible
enmendar to correct
enmudecido speechless; silent
enojado angry
enojo anger; annoyance
entallar to carve
entrada entrance; gallery
entrañas entrails; bowels

errar (yerrar) to miss; make a mistake

escalera staircase; stairway

escándalo trouble; scandal

escarmentar to deter; to learn one´s lesson

esclarecer to illuminate

escritura document

escudo shield

escudriñar to examine

espada sword

espanto fright

espantoso frightful

esperar to wait for

espesura thickness

espíritu soul

esquina corner

estilo etiquette

estimado esteeemed

estrecho straits; difficulties

estudiar to ponder

excusar to avoid; to excuse

extraña foreign

extrañeza strangeness

F

falsedad falseness

fallecer to be lacking

falta fault; misdemeanor

fama reputation; renown

fatiga weariness; exhaustion

favorecer to favor; to strengthen

figurar to appear

fingir to feign; to fake

firmeza constancy

flaco weak

flaqueza weakness; cowardice; faintess

fortaleza stoutness; strength

forzadamente irresistibly

forzado prisoner

forzar to force

frutuoso fruitful

fuerza power

fundamento foundation

G

galardón award; price; reward

gemido moan

gemir to moan

generoso highborn; kindly; magnanimous

golpe blow

grandeza nobility

grave heavy

grueso thick

guerra war

H

hacienda will; testament; property

heredar to inherit

heredera heiress

hermosura beauty

hierro iron

holgar to delight

hondo deep

hueso bone

hueste army

huir to shun

I

imagen figure

impedido hampered

impedir to stumble; to hamper

importunar to annoy; to trouble

inconveniente difficulty
informar to enlighten
inhumanidad inhuman
intención meaning; intention

J
jornada day
juicio judgment; mind
jurar to take an oath
justa jousting
justiciero law-abiding

L
labor workmanship
lágrima tear
lanza lance
lastimado piteous
lastimar to hurt; to torture
lastimera sorrowful
lealtad loyalty
legua league
levador bearer
libertad freedom
librar to free
licencia permission;
    encouragment
limpieza purity
llaga wound
llama flame
llave key
llevar to bear
lloroso tearful
loable fair; laudable;
    praiseworthy
loado lauded; praised
lumbre light

M
mal grief
maldecir to curse
malicia malevolence; malice
malvado perverse; evil
mancebo young
mancilla dishonor; disgrace;
    shame
mandamiento order;
    commandment
mansedumbre gentleness;
    mildness
manjar delicacy
maña guile
maravillar to amaze; astonish
maravillarse de to marvel at
mármol marble
martirio torment
matadora murderess
medrosa fearful
menester to be necessary
mengua disgrace; ignominy
mensajero ambassador;
    messenger
mentira lie
merced honor; mercy
merecedor deserving of
merecer to deserve
merecimiento merit; worth
metro meter
mezclar to mingle
moderación restraint
morado purple
moralidad meaning
mortal mortal
movible changeable
muchedumbre multitudine;
    crowd

mudable fickle; inconstant
mudarse to move
muestra expression
murmuración idle gossip
muro wall

N

nacimiento birth
nación nation
negociación mission; matter
negocio affair
nudo lump
nobleza nobility
notar to observe; to watch
    carefully
novedad novelty

O

obedecer to obey
obediencia obedience
obra action
ofender to soil; to pollute; to
    tarnish
ofensa offense; insult
oficio office
oficial officer
olvido oblivion
ordenar to decree
osadía courage; audacity
oscuridad darkness
oscuro dark or shadowed

P

padecer to suffer
pago payment
palabra word
palacio palace
pardillo grey

parentela relatives
pasados ancestors
paso pace
peligro danger
peligroso dangerous; risky
penar to endure (pain); to suffer
pendencia quarrel; altercation
pensamiento thought; thinking;
    Imagination
pensativo thoughtful
peón footsoldier
perdición extinction; ruin
perdón forgiveness
perdonar to forgive
perlado prelate
perpetua enduring
perseguir to persecute
pesadumbre gravity
pesar to regret
pesquisar to inquire
piadoso piteous; compassionate
pico beak
pilar pillar
pisada footstep
plática discourse
plegar to please
porfía importunity
portero gate-keeper; doorman
porvenir future
posada lodging
postrimera last
preciar to boast
precio price; cost
preeminencia privilege
prender to catch; to seize
presencia appearance; bearing;
    presence
preso prisoner

presunción assumption
prisa haste
principal chief
prisión captivity
proferir to offer; to volunteer
prometer to promise
propósito subject; motive
prosperidad prosperity
provechoso beneficial; useful
proveer to comfort; to cheer on
publicarse to divulge; to disclose
puerta gateway

Q
quedo still
querer love; affection
quitar to deprive

R
rastro trail
rayo ray
razón argument; speech
rebato alarm
recrecer to ensue
redimir to help
remedio relief; aid; help; solution; cure
renta property
reposo abode; peace of mind
reprender to reprove; to scold
requerir to require
resplandor shining light
restituir to restore
retar to challenge
retraído retired; gone to bed
rodilla knee
rogar to beg
romance ballad

ronco husky
rostro face
rudeza roughness; coarseness; dullness
ruego plea; request

S
sabiduría knowledge
salir to emanate; to diverge
salud salvation
salvación escape
salvaje a wild man
salvar to save
saña anger
sazón opportunity
seguridad self-confidence; certainty
sentido wit
sentimiento sorrow; passion
sepultura grave
servicio duty
servidor attendant
sierra mountain
silla chair
soberano sovereign
sobrehora unexpectedly
socorro rescue
soledad solitudine
solícito attentive; solicitous
sosegar to calm
sosiego calm
sospecha suspicion
sospechoso suspect; suspicious
sostener to assist; to support; to suffer
súbdito subject
suceder to happen
sudor sweat

sufrir to endure
súbitamente suddenly
suplicar to beg; to entreat
suspiro sigh
sutil subtle; fine

T

tardanza delay
tañer to play
temblar to shake; to tremble
temeroso frightful; terrifying
templar to temper; to moderate;
    to placate
término term
testigo witness
testimonio testimony; statement
tierno tender
tino guess; conjecture
tornar to turn
trabajoso difficult
trato behavior
temer to be afraid
tinieblas darkness
tormento distress
tornarse to become
torre tower
trabajo work; effort; travail
traición treason; treachery;
    betrayal
trastornar to turn over; to
    disturb
tratado treatise

tribulación tribulation
tribulado troubled
triste unfortunate
tristeza sadness; woes
turbación confusion
turbado embarrassed; confused
turbar to dazzle; to distort
turbio cloudy; blurry

U

ufano joyful; proud
usanza practice

V

valle valley
vela guard; sentry; sentinel; sail
velar to watch
veneno poison
venganza vengeance
ventura fortune
verdugo executioner
vergüenza embarrassment
vestido clad
villa town
virtud virtue; mercy
vista gaze
voluntad volition; will

Y

yerrar to err
yerro mistake; error